未來都市 NO.6 #8

淺野敦子—著

Bxyzic—圖　珂辰—譯

目錄

W
N
S
E
監獄
森林區
北區
農田
東區

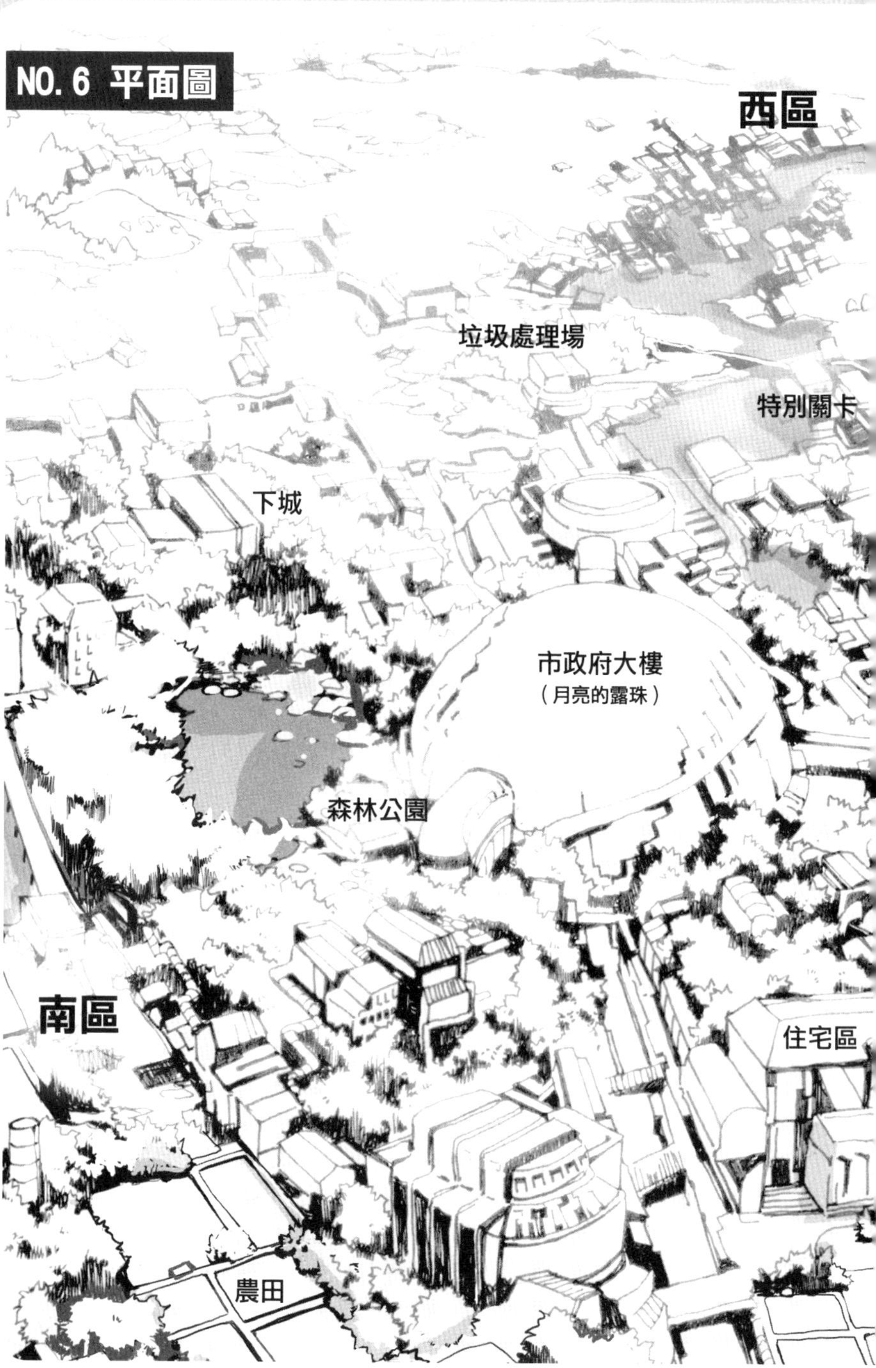
NO.6 平面圖
西區
垃圾處理場
特別關卡
下城
市政府大樓
（月亮的露珠）
森林公園
南區
住宅區
農田

人物介紹

紫苑

兩歲時被NO.6市政府認定「智能」屬於最高層次，便和母親火藍住在「克洛諾斯」裡，接受最完善的教育與生活照顧。十二歲生日那天，紫苑因為窩藏VC而被剝奪了所有的特殊權利，淪為公園的管理員。後來，紫苑在公園中發現因殺人寄生蜂而出現的屍體，竟因此被治安局誣陷為兇手，在千鈞一髮之際被老鼠所救。沒想到，紫苑的體內也遭到不明蜜蜂的寄生，差點命喪黃泉。熬過死亡大關的紫苑，所有的頭髮都變白了，身體上也出現一條纏繞全身、如紅蛇般的痕跡。

老鼠

真實姓名不詳，有著如老鼠般的灰眼珠。十二歲的時候因為不明原因，從外面被運送進NO.6裡，還被冠上「VC」——重大犯罪者的身分。受了槍傷的老鼠，逃進少年紫苑的房間裡，也開啟了兩人四年後重逢的緣分。當紫苑因為寄生蜂事件，被治安局誣陷為殺人兇手時，老鼠出手救了紫苑，並將他帶到自己居住的西區，還陪伴紫苑熬過了寄生蜂入侵體內的生死關頭。

火藍
紫苑的母親，跟紫苑一起被趕出「克
洛諾斯」之後，在下城的某個角落，
開了一家手工麵包店。雖然是只有一
個展示櫃的小店面，但是從早到晚都
飄著麵包的香味，很多人因此被吸引
而來，生意滿好的。
沙布
兩歲時，智能被認定為最高層
次，在十歲之前是跟紫苑在同一
間教室學習的同學，一直到十六
歲仍跟紫苑來往密切。主修生理
學，已經被市政府選為交換留學
生，到其他都市去進修。
力河
前《拉其公寓》（報紙名）的記者，
現在在西區以發行不良的黃色書刊
和為NO.6高官找樂子為業。曾經歷
過NO.6初創建的時期，並知道許多
不為人知的黑暗內幕。力河與紫苑
的母親火藍是舊識，年輕的時候曾
經非常喜歡火藍。

火藍&立克
老鼠家附近的孩子,是一對姊弟。
因為家裡非常貧窮,常常吃不飽,
而紫苑因為火藍與母親同名，所以
對她很有親切感,表示有空時願意
讀故事給火藍還有其他小孩子聽。
楊眠
小女孩莉莉的舅舅。外表上看起
來，他是一個身材瘦高、長相
平凡的中年男子，但其實對於
NO.6，內心藏有諸多不滿和憤
恨。在一個偶然的機會下，曾出
手救了紫苑的母親火藍一命。
借狗人
個子矮小,擁有一頭長到腰際的
黑髮,經營西區內一間殘破的舊
飯店，以出借狗給投宿的人取
暖為主業；因為聽得懂動物的語
言，所以也利用狗到處打探情
報，並將情報販賣給需要的人。

市長
市長有一對愛抖動的大耳朵，學生
時代的綽號叫「大耳狐」。密謀未
知的計畫，期望將以市長的身分來
掌政的時代結束，改以君王的身分
絕對掌管NO.6，統治這塊土地。
白衣男
長髮、戴著一副度數很深的近視
眼鏡，終日從事瘋狂的人體實
驗。與市長在學生時代為同學。
和市長各懷鬼胎、相互利用，企
圖掌控NO.6。

開什麼玩笑！

我絕對不會認輸！

I 敲響警鐘

世界的秩序乾脆就翻天覆地毀了吧！
——敲響警鐘吧！
風呀，呼嘯吧！
毀滅呀，來吧！
我們至少要身穿盔甲，死在戰場上。
（《馬克白》／第五幕，第五景。）

我喜歡你，紫苑，我比誰都要喜歡你。

透明的圓柱裡飄浮著腦。
人類的腦。

有幾顆呢？十、二十、三十……應該有超過五十顆。

圓柱的底部似乎有光源，讓整體看起來散發著淡淡的白色光芒。

這是不曾看過的光景。

整齊、空無一物、乾淨，地板光滑沒有一絲污漬，沒有聲響甚至沒有味道，讓人覺得毛骨悚然，比過去看過的任何情境與風景都還要令人心生畏懼。

這裡聽不到任何哭喊聲、悲鳴和呻吟，沒有屍體、血流滿地，也沒有苦悶扭曲的臉。然而，眼前的光景卻比在那個地底下牢牢印在這雙眼睛裡的地獄景象，還要讓人覺得不吉祥。

沙布就站在那個令人毛骨悚然、不祥的景象當中。

「沙布……」

紫苑想要衝過去，腳步卻踉蹌了一下，往地上跪了下去。

他的腳使不出力來，心臟劇烈加速，受傷、流血、疲憊不堪的肉體發出悲鳴。

已經無法再前進了！

抬起頭，汗水滴落，劃過臉頰流進嘴裡。

沙布沉默站在那裡凝視著紫苑。

她一點都沒變，頭髮的長度、體型，還有勇敢凝視紫苑的眼神，全都沒有任何改變。

NO.6，下城，他們在那個車站內匆忙道別。

依舊是當天那個模樣的沙布就站在眼前，並沒有消瘦，也沒有哪裡受傷的樣子。

「沙布……原來妳平安無事。」

沒事，她沒事，她還平安地活著，活著與我重逢。

我喜歡你，紫苑，我比誰都要喜歡你。

從ID卡傳過來的表白，透過冷冰冰的高科技儀器傳達出她身為人類最赤裸裸的心情。

那個聲音再次甦醒。

「紫苑，你來找我了。」是沙布的聲音。

以少女而言，她的聲音稍微低沉，總是凜冽充滿張力。好懷念。

紫苑心情激動，心好像被勒住一樣。

啊，好懷念啊！

沙布，我們隔了好遠好遠，彷彿已經有一世紀不見了。

「我一直很相信，你一定會來找我……」

沙布微笑。微笑的臉龐突然扭曲，變成邊笑、邊哭的表情。

「我一直在等你，我除了等你無計可施，我只能在這裡等著你……」

「嗯。」

紫苑挺起上半身，深深嘆了口氣。

「我應該要早點來的……對不起，沙布。」

沙布搖搖頭。

接著歪了歪脖子，眨了眨眼，眼眸裡閃過些許困惑。

「紫苑，你的頭髮……」

「什麼？啊……這個髮色嗎？因為發生了一些事情……我再找機會好好講給妳聽。」

我會把跟妳分開的日子裡發生的事情全都告訴妳，我有好多事情想說給妳聽，有好多要跟妳分享，多到一整晚都講不完。

「你一定經歷了我連想像都無法想像的……可怕的事情，能來到這裡就不是一件簡單的事情啊，可是你還是來了。我……這樣對我來說已經足夠了，謝謝你，紫苑，真的很謝謝你！」

「講得跟遺言似的。」

站在紫苑身旁的老鼠喃喃地說。

並不冷淡，只是不帶感情、沒有起伏的聲音。

沙布對輕聲的呢喃有了反應，她的眼眸緩緩移動，望向老鼠說：

「你，就是老鼠……」

「是啊。」

「幸會了，我一直很想見見你，很想知道你是怎樣的一個人。」

「就是妳看到的這樣囉。平常我的外表會比較好看，今天很抱歉，不該是這個模樣出現在小姐面前，只是我沒時間洗把臉，也沒時間換件衣服，還請見諒。」

老鼠也是一直望著沙布，眼睛一眨也不眨地凝視著她。

「沙布，我有事想問妳。」

「好……」

「是妳操控中央電腦，把我們引導到這裡來的嗎？」

沙布沒有回答。剎那間，一片靜默。

紫苑保持著跪在地上的姿勢，抬頭看著老鼠。

沙布操控這個設施的電腦？

怎麼可能，沙布不可能做得到。

紫苑吞下差點脫口而出這些話。

雖然令人難以置信，但是這是唯一的可能性。

老鼠灰色的眼眸微微往旁邊移動。

「對，只有這個可能性。」

精準說出紫苑內心的話之後，老鼠還是一副不帶任何感情的口吻繼續說：

「你不是說過嗎？有人在呼喚我們，因為那個人的關係，我們才能來到這裡，嗯，雖然這也不是一個什麼好玩的地方就是了。先不說這個，在監獄內部迎接我們的使者，除了她之外，沒有其他人選了吧？」

紫苑只得點頭稱是，因為他自己本身也一直感應到沙布的呼喚，在那個聲音的催促、導引下，才能走到這裡。

但是，如果是那樣，就表示沙布跟電腦系統的中樞有關聯。

怎麼做？用什麼方法才可能做到那種事？

「紫苑。」

老鼠面無表情地動了動嘴唇，呼喚紫苑的名字。

「你還要坐在那裡多久？我想你坐再久，也不會有人端咖啡給你。」

「啊……」

是啊，我在做什麼，好不容易來到這裡了，跪坐在這裡幹什麼。

他雙腳用力，站了起來，腳步蹣跚，好不容易才站穩腳步。

老鼠沒有要伸手扶他的意思，紫苑也沒有要依賴老鼠的打算。

他們都同樣受傷，同樣消耗體力，流出來的血的量也一樣……

不，老鼠應該比他嚴重許多。

不能依賴老鼠，如果需要依靠老鼠才能費力站起來的話，那麼要踏出下一步就更困難了。

所以他必須靠自己的力量站起來，這樣才能靠自己的力量繼續走下去。

沙布凝視著他。她雙手用力交握，保持著祈禱的姿勢佇立在一旁。

「不是我。」

沙布突然出聲回答：

「我沒有那種能力。」

老鼠微微蹙眉。

「我只是祈禱而已……我只是一直想著要見到紫苑而已。」

「那麼，是誰？是誰把我們帶到這裡來？」

「愛莉烏莉亞斯。」

「愛莉烏莉亞斯！」老鼠與紫苑同時驚呼。

愛莉烏莉亞斯。

他們從老那邊聽過這個名字。

長年生活在地底世界的老人，曾參與NO.6這個都市國家的建設，同時也是第一個寄生蜂的犧牲者，因為寄生蜂而失去雙腳。

他也是紫苑的母親火藍的老朋友。

老說過：愛莉烏莉亞斯曾是偉大的王。

不，她現在應該還是，至今她還依舊君臨。

至今她還依舊君臨。

紫苑摸了摸褲子的口袋，裡面放著老託付給他的晶片。他打算平安將沙布救出監獄後，就要好好研讀。

晶片裡面有謎團的解答，跟NO.6有關的謎團，跟地底世界有關的謎團，更重要的是有跟老鼠有關的謎團。

答案都在晶片裡，關於愛莉烏莉亞斯這位女王的情報應該也相當多。

想到這個，紫苑的心就有點嚮往，然而從一踏入監獄設施開始，晶片的事情就被他忘得一乾二淨，他絲毫沒有想起這件事，沒有那樣的餘力，肉體跟神經都緊繃到了極限，因為只要踏錯一步，瞬間的判斷讓他們游離在生死之間，每前進一步，都在為了下一秒能活下去而思考，他的腦海裡就只想著那個。

愛莉烏莉亞斯，他沒想到會從沙布口中聽到那個名字。

「妳知道愛莉烏莉亞斯嗎？」

老鼠的口吻首次出現慌亂，表現出他些許的困惑。

「我不知道，可是……她幫我引導你們過來，讓我完全清醒……還告訴了我事實。」

「事實？」

老鼠彷彿在驗證那句話似的重複沉吟：

「事實嗎……？沙布，那個叫愛莉烏莉亞斯的人把我們引導到這裡的目的是什麼？」

「我不知道。」

「愛莉烏莉亞斯在哪裡？」

「我不知道……不過……」

「不過？」

「她應該……就在附近，我有那樣的感覺。」

「那只是妳的第六感，還是……」

沙布有些膽怯。

「你在質問我，老鼠。」

「不質問就無法得到答案，不是嗎？我們可不是為了找妳話家常而來的，我們有太多非知道不可的實情一定得弄清楚，如果妳能簡單扼要地回答那些問題，是最有效率的方法，妳不認為嗎，沙布？」

「是沒錯，但是你想知道的事情我連一半都回答不出來……你……你們也不需要模稜兩可的答案，不是嗎？」

「想知道答案就自己去發掘，是嗎？」

老鼠嘆息：

「也就是說，妳什麼都不知道。」

「關於你的事情我什麼都不知道，老鼠。但是，如果是紫苑的事……我就知道。」

沙布也嘆了口氣。

「因為紫苑是我的希望，我強烈希望能再見到紫苑，所以愛莉烏莉亞斯實現了我的願望。」

沙布的雙唇顫抖，繼續說：

「她對我說，她可以實現我的願望，讓我見到最想見的人……她這麼對我說，然後，她做到了。」

「愛莉烏莉亞斯能自由操控電腦系統嗎？」

「我不知道，不知道她是誰，不知道她在哪裡，不知道為什麼她會突然對我說話……我什麼都……什麼都不清楚。」

「對妳說話？對著妳嗎？在妳身旁嗎？」

「不是。」

沙布搖搖頭。

「她……對我的內心說話，直接呼喚快要沉睡的我。」

「等一下，那是什麼意思？」

「夠了！」

紫苑抓住老鼠的手。老鼠的視線緩緩從紫苑的手移向他的臉。

「夠了，到此為止吧，老鼠，我們現在會站在這個地方，不是為了話家常，也不是為了來盤問沙布。」

已經來到這裡了，接下來要逃離這裡。

到這裡是兩個人，從這裡開始是三個人。

老鼠凝視著紫苑，眨眨眼，說：

「『不論離席的順序如何，請馬上離開』嗎？參加鴻門宴的諸侯要是能順利退場就好了。」

「難得聽到你說這種喪氣話。」

「我是小心行事，不像你那麼天真。我們來到最上層這件事應該已經曝光了，也許現在已經有許多可怕的大叔從樓下衝上來了。」

「老鼠，來這裡的路只有一條，就是我們坐上來的那部電梯，只要那部電梯沒動，誰也無法來到這裡，而且這棟建築物的設備全都由電腦系統管理。」

「你憑什麼保證那個系統會一直站在我們這邊？你可以預知情況在什麼時候、在哪裡、會如何變化嗎？」

「這……」

紫苑無法回答。

「我們完全無法掌握愛莉烏莉亞斯是什麼人，這點你別忘了，不要隨便相信看不見真面目的對象。」

老鼠說得一點也沒錯。對於愛莉烏莉亞斯，紫苑跟老鼠沒有掌握任何一個確切的資訊，他們只從老的嘴裡聽到朦朧的概況，只從沙布的口中得知模糊的情報。

不能依靠曖昧不清的東西，不能以自己想要的方式去解釋。信任他人必須要有很大的覺悟，沒有覺悟的信任是空洞的，充其量只是以天真為支架的紙老虎。一點點的天真、一絲絲的依賴都會成為致命傷。

「沙布。」

紫苑對著眼前的少女說：

「能不能帶我們去中央電腦……也許這裡叫作母體電腦，能不能帶我們去那個系統的中心呢？」

「跟我來。」

沙布點頭，完全沒有猶豫、困惑或是思考的時間。

沙布轉身，邁開腳步。

「走吧。」

聽到紫苑的催促，老鼠露出些微的躊躇。

「能相信嗎？」

「你說沙布嗎？」

「對，就這樣跟在她後面走沒問題嗎？我是問你能斷言她不會出賣我們嗎？」

「可以。」

「這麼肯定？」

老鼠的嘴角帶著冷笑。斷言可以相信某人，這對老鼠而言並不是美德，而是接近愚蠢。

「老鼠，不論發生什麼事我都百分之百信任的對象有三個：沙布、我媽，還有你。」

不論發生什麼事都能信任的人，能夠信任這件事一直支持著我，我不認為那是天真。隨隨便便膚淺的信任有時候會讓人陷入險境，但是沒有能夠真心信任的對象的人是脆弱的，只能站在岌岌可危的沙上。

不論發生什麼事都能信任，可以一直相信到最後，那是最強韌的力量。

「要是……要是被這三個人當中的其中一個人出賣，我甘願承受那分背叛，就算會因此失去生命，我也不會後悔。當我會懷疑沙布、我媽或是你，當我無法再相信的時候，對我而言就是毀滅的時候。」

冷笑從老鼠的嘴角消失了，他的眼神變得深沉。那讓老鼠看起來像是不斷追求真理、一直思索的人，也像是失去方向、佇立在原地不知所措的人。

「紫苑，你沒有感覺嗎？」

「感覺？什麼感覺？」

「不合理的感覺。」

「不合理的感覺……針對什麼？」

老鼠無言地盯著沙布的背影。

「算了，就照你想的做吧。反正現在看來也只能跟著你走，事到如今不這麼做也別無他法了。」

「那是信任我的意思嗎？」

「別得寸進尺，傻子。」

丟下這一句話後，老鼠便邁開腳步，一點都看不出來腳上有槍傷的樣子。反觀紫苑則步履蹣跚，受傷的腳變得很沉重，彷彿不是他自己的腳。

他們在沙布的帶領下，穿越透明的圓柱之間，不斷往裡走。沒多久，他們就遇到了牆壁，跟地板一樣，稍微帶點黃的白色牆壁。

沙布往牆壁前一站，門就無聲地往左右開。

「皇宮的內殿嗎？」老鼠舔了舔嘴唇。

紫苑瞪大眼睛，無意間屏住氣息。

那是一間明亮的白色房間，裡面並不是很寬敞，約NO.6一般家庭的客廳大小吧。

房間裡點著耀眼的燈光，照亮著沒有窗戶、沒有家具，什麼都沒有的室內每一角。

圓柱貫穿房間中央，比剛才看到的還要粗上一圈，只是裡面飄浮的不是人腦，而是淡銀色的球體。

球體上覆蓋著無數顆小突起，而那些突起的前端每隔幾秒就會閃爍一次，發出的光芒有些是藍色，有些是紅色，有些則是粉色。

幾個突出的根部生出透明的細管子，交纏在一起往上延伸，前端漆黑，無法看清楚。

「這就是母體。」

「這就是母體嗎？」

沙布跟紫苑的聲音重疊一起。

「『月亮的露珠』裡也有同型的電腦，那裡的叫作祖母電腦，大家都稱呼它為祖母。後來，研究機關從『月亮的露珠』中獨立出來，移到監獄設施裡來。原因之一，就是因為完成了比祖母更小型、卻擁有相同性能的母體。」

「若是設在監獄內部，很容易就能取得研究必需的白老鼠，也就是人類。這大概就是第二個原因吧。」

老鼠突然嘆息。

「反過來說，也就是實驗已到了需要大量白老鼠的階段。因為不能在NO.6內部準備大量的人類樣本，就算想從外部送進去，人數太多也很麻煩。這一點，在這個監獄設施裡就幾乎不成問題，因為西區的人太多，過去為了調節人口而產生的『真人狩獵』，這次為了確保白老鼠的數量再實行一次就好。說是祖母也好母親也好，與其說是因為電腦的緣故，我想這才是搬移的真正原因吧。」

「也許吧。」

沙布倏地閉上眼睛。當黑色眼眸從沒有血色的臉上消失，讓少女看起來就像一個人偶。

「監獄從以前起……就是人體實驗的地方，在這裡用肉身的人類重複各式各樣的實驗，實驗的成果讓NO.6的醫療技術突飛猛進……我受惠許多，紫苑你也享受到成果……」

「是啊……沒錯。」

紫苑轉向詢問老鼠，以一種不像他的聲音，沙啞且模糊的聲音。

「老鼠，那間房間……從地下室有通路連接的那間房間……」

名為電梯的死刑台底部開洞，人們發出尖叫聲被丟下去。地獄之圖開始的第一頁——地下室，從那裡有條小通道延伸出去，通道盡頭是一個看起來幾乎是正方形的房間，老鼠稱為「暫時休息區」的地方。

「沒錯，你終於發現了嗎？從地下室到那間房間的構造，就是為了選擇白老鼠而設的。能走到那間房間的人，表示能夠忍耐從電梯上掉下來的衝擊，而且還能依靠著閃爍的照明，自食其力逃脫的人，擁有不尋常的體力與思考力，那才是具備有一定智能的優秀白老鼠。反正要用的話，就找最耐用最強壯的，那些人的想法就是這樣。」

沙布發出輕微的低吟。

紫苑的腦海裡浮現男人的眼睛，連姓名、來歷都不知道的男人的眼睛。

想死也死不了，只能掙扎著的男人，在痛苦中哀求紫苑的那個男人的眼睛在紫苑的腦海裡復甦。

拯救男人的是老鼠，他讓男人安樂的死亡。老鼠說，那不是救濟，是殺人。紫苑不懂，不論是當時或是現在，他依舊找不到答案。

紫苑能確實回答的只有那個男人並不是實驗用的白老鼠，他是擁有肉身的人類。

「你還記得那間房間有門嗎？」老鼠問。

紫苑記得。

當時那間房間的確有開燈，雖然光線微弱，不過卻牢牢印在已經習慣黑暗的紫苑的眼裡，他在那樣的光線下有看到灰色的門，他還記得。

「那就是回收殘存下來的人用的門，不過那道門並沒有通往監獄內部，那是研究機關的主要部門還在『月亮的露珠』裡時留下來的。白老鼠會從那道門被送到外面，嵌入像囚犯一樣的識別晶片，然後被送往『月亮的露珠』，也就是市府。晶片是以防萬一白老鼠逃走時的準備。現在將研究機關設置在監獄內部，那些手續全都免了，非常有效率嘛。」

「識別晶片……」紫苑的腦海裡閃過某個畫面。

「老鼠，四年前你從那道門走出外面了嗎？然後在被送往『月亮的露珠』途中逃走了？」

「四年前啊……那是個風雨交加的日子，也是我和在暴風雨中為我敞開窗戶的怪人邂逅的紀念日。不過，現在可不是回憶往事的好時機，沙布，妳知道監獄，不，是NO.6的真面目，是愛莉烏莉亞斯告訴妳的吧？」

「是啊，是她告訴我的，她告訴我被喻為神聖都市、桃花源的NO.6的真面目……但是紫苑，不僅有人告訴你，而且親眼看過、親耳聽過。」

「……只是一部分。」

只是一部分。他不知道的事情，沒察覺的事情，一定要去考慮、去思量的事情還很多。

紫苑吸了一口氣，心底傳來微微的刺痛，並不是肉體的疼痛，是不知不覺在思考深處產生的不適感，每次一想到NO.6就會疼痛。

NO.6並不是桃花源，是一個沒有慈悲、無情的都市國家，為了自己的繁榮與安寧，不惜任何殘暴。

但是、但是、但是……紫苑再吸了一口氣，壓住胸膛。

NO.6是什麼？不過是人類創造的國家，不是嗎？

這點請你相信，我們的確試圖想要建造一個桃花源，一個與戰爭、貧窮絕緣的樂園。到底是哪裡出了錯呢？

這是老說的，應該不是謊言。NO.6在初期的確是以人的理念與志願為基礎。

想要創造一個為了所有人的幸福，不再有戰爭的世界。

到底是哪裡出錯了呢？

老微微顫抖的話如刻印般殘留在紫苑的心裡。

人在哪裡出錯了？在哪裡忘了理想，開始順從欲望？還是人的理想本身就帶著容易轉變成欲望的本質？

如果是那樣，那麼今後還是會發生同樣的事情，就算這個NO.6毀滅了，還是會有第二、第三個神聖都市誕生。

到底是哪裡出錯了呢？

人能在不出錯的情況下創造出國家或是類似形態的東西嗎？

紫苑搖頭。

現在並不是隨自己的疑問搖擺不定的時候，他不會逃避，在不久的將來他一定會認真面對，但是現在必須將精神集中在突破眼前的困境上。

他靠近母體。

圓柱前有像是操作鍵盤的塑膠製薄板，上面有直立七排、橫向十四排的鍵。是純白的鍵，沒有數字沒有文字，也沒有記號。紫苑試著按下一個鍵，可是沒有反應。他隨意在鍵盤上打字。

「如何？」老鼠探頭過來看紫苑的手。「有沒有辦法？」

「沒有。」

「別那麼快放棄呀！依你的頭腦與能力，管她是祖母還是母親，應該不難安撫吧？就這層意思來看，你應該算是很厲害的師奶殺手。」

「你太看得起我了，老鼠，老實說我一籌莫展，別說安撫了，一開始我就被關在門外，對方似乎不想理我。」

老鼠瞇著眼，眼眸裡濃縮著深灰色光芒。

「母體不喜歡你啊……紫苑，真的沒辦法嗎？」

「沒辦法，似乎有特別的認證方法，無法突破就無法靠近母體……很遺憾，我無計可施。」

「真嚴厲的媽媽，讓人不得不嘆息。」

老鼠以輕聲咋舌代替嘆息。

「沙布，妳呢？」

「我也沒辦法，紫苑，除了一個人之外，誰都無法靠近母體。」

「除了一個人……是市長嗎？」

「不是。那個人沒有職位，是創建這個研究機關，統籌一切的人物……他認為自己是實質上NO.6統治者的男人……母體也是他的作品，所以只服從他，在創建時就已經設定好了。」

「那個愛莉烏莉亞斯呢？如果是她，應該可以自由操控母體吧？所以她才有辦法控制阻隔牆的開關，操控電梯。是這樣吧？」

紫苑與老鼠對視。

對啊，愛莉烏莉亞斯，如果是她的話……

「沙布，愛莉烏莉亞斯現在還會對妳說話嗎？妳能主動跟她說話嗎？」

紫苑往沙布靠近一步。

沙布往後退一步。

這個時候紫苑才終於發現老鼠說的「不合理的感覺」。

沙布為什麼不靠近？

她保持一定的距離，絕不試圖縮短。

「沙布？」

「不要過來。」

幾近悲鳴的聲音從沙布的嘴裡發出。

凝視著一臉驚恐的少女，紫苑覺得心驚，內心強烈騷動。

為什麼？

「妳為什麼要逃，沙布？」

「別靠近，求求你，紫苑……」

沙布的臉頰突然布滿淚痕。

「我等著你……我一直等著你，我好想見你，好想見你……我的願望不過是那樣而已……」

「我們不是見面了嗎？我現在就在妳眼前，我為了救妳離開這裡而來了，為了跟妳一起逃離監獄而來了。」

紫苑往前踏出一步，他伸出手。

「沙布，離開吧，從這棟建築物離開，我們一起走吧。」

沙布抬起下顎，似乎在努力忍住顫抖，只見她緊咬下唇，帶著非常緊繃的表情，緩慢搖頭。

那是拒絕的意思。

「為什麼？為什麼拒絕我們！」

紫苑想要壓抑卻克制不住，激動情緒讓他的口吻變得粗暴。

沙布，讓我擁抱妳，讓我這雙手緊緊抱住妳，為了補償我們分隔這麼久的時間，我想擁抱妳。

好不容易，我們好不容易才見到面，不是嗎？

為了跟妳說的、為了告訴妳的、為了向妳道歉的……

所有的話都在我的心裡形成漩渦，如同濁流一般，如同猛烈吹颳的風一樣地呼嘯著！

然而，為什麼，拒絕？為什麼想從我伸出的這隻手中逃離呢？

「沙布，我……」

紫苑的手被抓住。

「夠了。」

老鼠的手指深深掐入紫苑的手腕。

「到此為止，別再靠近她，就照她說的去做。」

「老鼠，連你也……」

老鼠抓著紫苑的手，無言凝視著紫苑，他的眼神讓紫苑噤聲。

紫苑閉上嘴巴，吞下想說的話。無法成聲的話形成濁流，變為疾風，讓他的心更加騷動。不安與困惑讓他的氣息紊亂，那是一種完全不同的混亂，跟想到要三個人一起逃出監獄的困難度，而感到不安的心情截然不同。

莫名的恐懼讓紫苑全身僵硬。

「沙布，妳的願望是什麼？」老鼠問。

絲毫沒有質問的激動，而是溫柔又非常優美的聲音。

「妳希望我們為妳做什麼？」

沙布的表情緩和了下來。

「……你要實現我的願望？」

「盡我所能。」

沙布輕輕吸了口氣說：

「破壞母體。」

老鼠的手指更加用力，不過在下一瞬間，他輕輕放開紫苑的手，紫苑的手上只剩下被用力抓住過的感覺。

「要我們破壞這個電腦的意思嗎？」

「是的。」

「這樣啊……如果能做到的話，對我們而言沒有比這個更美好的事情了——我是說如果能做到的話。」

老鼠從上衣的口袋裡取出硬幣型極小炸彈，夾在指間。

「只要把這個的功能設定到最大限度，要炸毀電腦是很簡單的事情。」

「不可能的。」紫苑輕輕觸摸圓柱。

「就算電腦本身是脆弱的，但問題是這個圓柱，它是以特殊塑料做成的，就算拿飛彈射它，大概也不會有絲毫損傷，就像放進堅固的膠囊裡的玻璃球一樣。所以硬幣型炸彈是不可能炸毀它的。」

「百分之百嗎？」

「沒錯。」

「百分之百的不可能，百分之零的可能，看來我們是無計可施了。」

「這個圓柱的門可以打開。」

沙布的這一句話讓老鼠的視線緊繃了起來。

「你可以打開通往母體的門嗎？」

「不是我。」

「愛莉烏莉亞斯嗎？」

「對啊，如果是她就能做到，她一定可以打開這裡。」

「如果她能做到這一點，應該很容易可以讓母體停止運動吧？根本不需要靠我們。」

「需要意志。」

「什麼？」

「需要人類的意志……她說過。」

在短暫的一秒或兩秒間，老鼠與紫苑互相對望。

「破壞需要人類的意志。」

沙布重複，彷彿宣告天啟的巫女一樣。

老鼠有點動搖。

「那是愛莉烏莉亞斯說的話嗎？」

「對。」

「我會幫忙，但是最後的判斷就由你們自己的意志決定。她是這麼說的嗎？」

「對。」

「不過，那不就是說……」

老鼠欲言又止。

紫苑點頭，他似乎清楚聽到老鼠想說的話。

也就是說愛莉烏莉亞斯不是人類？

沒錯吧，因為很難想像肉體的人類可以潛入如此完善的防備系統，入侵情報網路，除了「他」之外。

愛莉烏莉亞斯不是人類，如果真是那樣，那是什麼？

神嗎？妖嗎？自然的精靈嗎？不會吧！

「破壞需要人類的意志……是嗎？」

老鼠重複沙布，不，是重複愛莉烏莉亞斯說的話。

沙布閉上眼睛，喃喃說著：

「能帶著意志破壞什麼東西的，只有人類，只有人類才做得到……所以只有人類才能破壞母體。」

沙布的話彷彿咒文，紫苑不禁打起冷顫。

紫苑認識的沙布是一個說話有條有理、知道如何認清現實的人。她不會虛構夢想跟希望，只會按照現實情況訴說，因此她也能不被現實困惑，擁有自己的夢想與希望。

她的感受力很強，卻又不會太過敏感。她的精神就像直立的幼木，柔軟卻又筆直地佇立著。

她不是會像這樣，一再用含糊的呢喃聲說話的少女，絕對，不是！

「知道了，我相信妳。」

老鼠的聲音震動鼓膜。明明是很熟悉的聲音，卻比往常更鮮明地傳入耳裡。

沙布張開眼睛。

「……你可以幫我完成嗎？」

「如果那是妳所希望的話。」

「謝謝，我很感激。」

沙布雙手合十，低頭道謝。

「不需要道謝，破壞母體等於擊潰監獄的心臟，對我而言是求之不得的機會，有一試的價值……只希望這根圓柱能順利打開，讓母體短時間暴露在外。」

老鼠的雙眼發亮，彷彿磨得銳利的小刀發出的光芒。

突然，操作鍵盤亮燈，空中浮現文字。

老鼠發出簡短的口哨聲，將手指放上鍵盤。

「解鎖、解鎖、解鎖……呵呵，從傲慢的女王大變身成乖巧的公主囉！這樣連我都能輕易掌控了。」

紫苑凝視著老鼠的手指，不論何時，何種狀況下，老鼠優雅的動作總是讓他著迷，看起來就像彈奏甜美的旋律，也像是在譜一曲爽朗的樂章。

不論何時，何種狀況下，總是忘情地凝望著……但是這次心卻沒有如往常一樣著迷。

然而機器的雜音沒有消失，反而愈來愈大聲。

手指停下來了。沒有任何預兆，圓柱中央出現銀色線條。一根，兩根，三根，四根。銀色線條組合起來，形成直長的四角形。

「是一道門，接下來只要大喊『芝麻開門』就可以了！」

由於情況緊急，老鼠就算想故作輕鬆，還是不免聲音低沉，讓氣氛更加沉重。

「等等。」

紫苑抓住老鼠的手，體溫與脈動從掌心傳了過來。

「先等一下。」

老鼠的眼裡閃過黑影，短暫的沉默。

「紫苑，我們沒有拖拖拉拉、猶豫不決的時間。」

「我知道，可是，一下下就好……沙布。」

沙布仍舊低著頭，穿著黑色毛衣的肩膀顫抖著。

「沙布，妳還沒回答我的問題，為什麼拒絕我們？為什麼不再靠近？」

「紫苑……」

「還有，那件毛衣……那是妳祖母親手編織的吧？我看見那件毛衣是在很久以前了，也許是在十歲以前。」

「是啊。」

沙布忽地微笑。

「當時你主動跟我說話，說很適合我，我好高興……非常高興。其他人都嘲笑手工編織的毛衣，說毛線編織的毛衣只能在博物館看到，可是你沒笑，你……只有你對自己的想法、感情，還有對他人誠實。紫苑，在那個沒有人情味……甚至讓人覺得寂寞的菁英教育之地，我遇見了你，那讓我非常……」

「住口！」

紫苑打斷沙布的話。

「為什麼要談起回憶？我不想聽那個，我想說的是，為什麼現在的妳還能穿十歲時的毛衣……這是怎麼一回事？妳都已經長大，體型也變了，不可能還能穿，還是妳買了一模一樣的新毛衣？可是……」

「我希望你能記住啊。」

這次換沙布打斷紫苑。

「我希望你能記住我，因為你說適合我……所以我希望你能記住穿著那件毛衣的我……」

「記住？要我把妳當回憶？沙布，妳在說什麼？妳不打算跟我們一起走嗎？」

「紫苑，到此為止吧。」

老鼠又抓住紫苑的手，這次還用力一扯，這力道讓紫苑失去了重心。紫苑身子一顛，撞進老鼠懷裡，不過老鼠卻一動也沒動。

「已經夠了，到此為止。」

「到此為止？為什麼不能再問？」

「別為了模糊自己的不安而逼問她，那是很卑鄙的行為。」

汗流浹背。老鼠的視線如針似的刺過來。

「我……卑鄙……？」

「紫苑，你應該很清楚，你不可能沒有察覺，那麼……就別假裝沒察覺事實，視而不見、逃避事實解決不了問題，而且什麼也無法改變，也無法回到從前。」

解決不了問題，什麼也無法改變，已經無法回到從前。

紫苑無法正常呼吸，淚水滲入眼眶。

「紫苑，別逃避，至少現在……現在不能逃避。」

紫苑眨眼，迎上老鼠的視線。他再轉動脖子，望向沙布。

「……那不是實體……那是幻影。」

「母體讓我們看見的假想現實，你的好朋友在現實中不存在。」

在現實中不存在。

那是什麼？代表什麼意思？

紫苑差點尖叫出來，一股恐懼從身體內部噴湧而上。沙布並沒有飛奔到他伸出的手前，甚至連他的指間都沒有想觸碰的樣子。

無法觸碰，想擁抱，想被擁抱都做不到。

在現實中不存在。

沒有實體的……幻影。沒有實體的幻影。

老鼠的口吻帶著些微著急：

「一開始我懷疑是不是陷阱，但是我後來又想，現在再對我們設陷阱能做什麼呢？如果想殺我們，機會有上百上千次。會讓我們活著來到這裡，應該有什麼原因。母體想藉由沙布的模樣向什麼傳達一些事……我是這麼認為，只是我沒想到會要求我們破壞母體本身。」

「母體……」

紫苑瞄向被突起物覆蓋的球體。

「不是母體。」他搖頭。

老鼠的力道緩緩鬆開。

「如果是母體創造出的幻想，應該會忠實重現現在的沙布，不會故意從沙布的記憶中找出黑色毛衣。電腦並沒有感情。但是，沙布因為自己的心情，選擇了那件毛衣。不是母體……老鼠，讓我們看見沙布的不是母體……是沙布自己。」

「沙布利用母體，投影出自己的模樣嗎？」

「對……我沒說錯吧，沙布？還是這也是愛莉烏莉亞斯做的？」

紫苑情緒激動，沙啞的嗓音彷彿不是屬於自己。

膽怯的野獸露出獠牙，拚命發出威嚇的聲音，就像那種低吼聲，明明偏激、卑鄙又猙獰，卻心生恐懼。

「沒錯……是愛莉烏莉亞斯讓我覺醒，過去我一直彷彿飄游在夢中……搖搖晃晃的……是愛莉烏莉亞斯恢復我的意識，告訴我能做什麼。我……無法支配母體，但是我能利用一部分的功能……我能做到的，就只有那樣。」

「妳在哪裡？現實的妳現在在哪裡？」

「不在任何地方。」

沙布的聲音十分緊繃。

「我已經、不在任何地方了！」

「胡說，那麼眼前的妳是誰創造出來的？不是妳自己嗎？」

「不在了，紫苑，我已經……」

沙布靠近一步，紫苑也往前走一步。他筆直伸出手，卻什麼也摸不到。手指確實伸到沙布的肩膀附近了，可是那裡什麼都沒有，剛才他感覺到手掌心，老鼠的體溫與脈動，那是證明活著的溫度與跳動。

「我想要跟你說再見，想要傳達我的謝意，因為有你……所以我一直……很幸福。」

沙布抬頭望著紫苑，眼眸裡帶著挑戰的目光。

「我愛你。」

「沙布！」

「這就是關於我的真相，我不在乎你怎麼看待我，我愛你，只有這件事是真實的。」

是，這就是沙布。紫苑心想。這麼純粹的堅強，彷彿飛翔的鳥兒一樣的強韌之美，這就是沙布。

「如果我不認識你，我不會知道渴望著某人的心情，不會懂得愛的意義……我很高興我懂了。出生在這個世界，認識了你……我沒有任何的後悔……呵呵，這可能有點逞強，你也說過愛逞強和虛張聲勢是我的壞習慣。」

沙布伸手觸摸紫苑的臉。沒有觸感，但是紫苑的確感覺到沙布的手指的觸感。

「紫苑……你也這麼覺得，對嗎？」

沙布的視線越過紫苑的肩膀，望向站在後面的老鼠。

「你也跟我有同樣的想法，對嗎？你也覺得很高興懂了，也無法再生活在不

懂渴望，不懂愛的世界裡，對嗎？」

「……嗯。」

沒錯，沙布，我懂了。

我看穿NO.6的真面目，也知道NO.6存在於我的內心。

我懂讓別人深深感動的心情，也了解渴求他人的心情。

什麼都不懂的那個時候，我已經回不去了，也不想回去，我絕對不想回去什麼都不知道，平穩過日子的那個時候。

紫苑用力握緊拳頭，以壓抑全身的顫抖，然而卻連拳頭也抖動著。

「不用回去，也沒有必要回去。沙布，就從我們知道的事情開始出發就可以了，從這裡、從現在就出發。」

要出發，要開始，這不是結束，對不對，沙布？

今後我們要一起生活下去，不是嗎？一起……

紫苑瞄向從母體延伸出來的管子。

那究竟連接到什麼地方？有什麼功用的管子？

「拜託你。」

沙布凝視著老鼠說：

「破壞母體。」

老鼠並沒有逃開沙布的注視，他無言地承受，並且答應。沙布吐出安心的嘆息，從她真正的心裡吐出來的安心的嘆息。

「謝謝你，真的很……」

「我信守承諾，不論是什麼內容，一旦答應，絕不後悔。」

「嗯……我懂，你就是這樣的人。」

老鼠再度面向操作鍵盤。

銀色線條包圍的部分微微呈現紅色，往旁邊滑開。

門開了。

老鼠毫不猶豫地將手伸進去，操作鍵盤擋在前面，他無法探身進去。差一點就摸到母體了！

「月夜。」

黑色小老鼠從超纖維布之間探出頭來，牠環顧四周後，隨即迅速攀爬上老鼠的肩膀。

「拜託你了。」

月夜咬起老鼠遞過去的硬幣型炸彈。

「老鼠，等等，再等一下。」

「不等了。」

老鼠一口回絕。

「我要破壞母體，不能再等下去了。」

「不可以，再等一下，你要等，讓我確認那些管子的前端有什麼。」

「沒有必要。」

紫苑迎上老鼠的視線。

「……你知道嗎？你知道沙布在哪裡……那個前端有什麼……」

「你應該也知道，因為你看到了那個了。」

那個？

這個房間外面的情景。彷彿透明墓碑林立的墓園一樣。墓碑，不，該說是棺材吧，每一個都裝著人類的腦，為了送葬的器皿。

「去吧。」

聽到主人的命令，月夜奔跑。牠經由老鼠的手臂，奮力跳往母體，在母體上著陸。

「很好，漂亮喔，直接就放在那裡。」

月夜的動作迅速、流暢。牠將硬幣型炸彈裝置在突起與突起之間後，便抬起頭，彷彿請示指示般地朝著老鼠動動鼻尖。

「做得很好。」

月夜跳上老鼠攤開的手掌心。當那隻手直接伸出來後，母體的門就跟開啟時一樣寂靜無聲地關上了。

紫苑像個木偶似的呆立在旁邊眺望著一連串的事情。

老鼠的視線越過紫苑。

「完成了，限時三分鐘，這是限時裝置最長的時間。」

「三分鐘……你們逃吧，快點！」

沙布的口吻跟眼神緊張了起來。紫苑的視線從老鼠移向沙布。

「要逃的話，妳也一起逃。」

「紫苑，同樣的話你要我講幾次呢？我走不了，你跟老鼠逃吧。」

「沙布！」

「快逃，一秒也不要浪費，快點！」

還是學生的時候，每個月必須要發表一次課題研究。有一次輪到沙布發表的時候，有一部分跟她選擇相同課題的學生故意喧鬧、妨礙她說話。

紫苑原本要站起來勸阻那些學生，沒想到沙布的動作比他快一步，她盯著那些學生，口氣嚴厲地說：

「請知恥。」

在喧譁的中心有一名身材壯碩的少年站起來，誇張地皺著眉頭說：

「她說請知恥？喂，妳想侮辱我們嗎？」

「我完全沒有侮辱你們的意思，只不過不管內容如何，別人的研究發表至少要好好聽到最後，那是最基本的禮貌，這個連三歲小孩都知道，可是你卻做不到，不是應該覺得羞恥嗎？」

教室裡拍手聲此起彼落，少年緊咬下唇，無言地坐下。

有些泛紅的臉頰，充滿意志的雙眸，緊繃的下顎的線條……跟當時一模一樣的沙布就站在眼前。然而紫苑卻碰觸不到她，連跟她一起逃都做不到。

怎麼可以！

「如果妳在這裡面的話，」

紫苑握緊拳頭，放任自己用力敲打圓柱。

「我要從這裡帶妳出去。跟我們一起走，沙布。」

不管妳變成什麼樣子。

「住手！」

沙布發出悲鳴聲。

「不要，不要，我絕對不要那樣！」

沙布張開雙手，彷彿要阻擋紫苑的視野。

「我絕對……不要那樣，紫苑，我求求你，絕對不要……不要對我……做出那麼殘忍的事情。」

沙布真的很害怕，從她說的話、從她的眼神裡都透露出恐懼。

「如果要讓你看到我那個樣子……我寧可不想你，寧可不祈求再見你。」

「沙布，可是……」

「紫苑，我再說一次，我已經不存在了，可是我卻被囚禁著，我很痛苦，非常痛苦，我無法忍受這種、這種屈辱。所以，請你破壞母體，解放我。」

紫苑無法思考。

腦海中閃過幾條白線，切斷他的思考迴路。

「跟我走。」老鼠拉他的手。

「沙布，請你盡可能確保我們的逃亡路線。」

「好的。」

沙布邁開步伐奔跑，往紫苑這邊衝過來，紫苑反射性想要抱住她，然而在沒有任何衝擊之下，沙布的身體就這麼穿過去，連風吹過的感覺都沒有。

我是幻象，只是幻影而已。

事實勝於雄辯。

忽然，警報聲響起，響徹監獄建築物的每一個角落。

發生緊急狀況，發生緊急狀況。

危險度5，危險度5。

緊急避難，緊急避難。

紫苑被老鼠抓著手，一起追著沙布的腳步。他的思路有一半停了，他無法接受現實，無法下正確的判斷，也無法把握現狀。

現在是三個人在逃，我、老鼠和沙布，三個人都活生生，帶著肉體，為了再度佇立於陽光下而跑。沒錯，就是這樣。

腦海中齒輪轉動著，發出奇妙的金屬聲，轉動著，停止，反向轉動，再停止。

嘰嘰嘰嘰，嘰嘰嘰嘰……

被切斷的思考迴路有時接上，有時被切斷，散落，聚集，膠著。

現在是三個人在逃，一定能脫逃，可以逃出生天。我們可以再回到那個令人懷念的地方。

好懷念、好懷念、好懷念、好懷念……印在眼底，刻在心裡的場所，當然不是NO.6，是那間房子，讓我甦醒，讓我重生的那個奇蹟之地。

我要帶沙布回到那間房子，老鼠居住的那間房子。

沙布，那是個很棒的地方，因為除了書幾乎沒有其他東西。有椅子，還有暖爐、床……以及小老鼠們，只有這些東西。我想妳一定會啞口無言，瞪大眼睛不斷環顧四周吧。

妳一定會伸出手，將手指輕輕放在堆積如山的書本上吧。

然後……然後，妳會有怎樣的感想呢？

會微笑嗎？會發出讚嘆的聲音嗎？還是被嚇到，只能愣愣地佇立著呢？

那個時候，我會告訴妳，告訴妳「這裡就是出發點」。

我從這間房子出發，在老鼠的指引下，緩緩地從無知的框框裡往外踏出第一步。就跟赤子接觸外界一樣，我也踏出我的腳步進入我完全不知道的世界。

我想讓妳看那個地方，我希望妳能看到那個地方。

對了，還有借狗人，一定要介紹借狗人給妳認識，因為他是一個非常令人愉快又很棒的人，妳一定很快就能跟他成為朋友。

借狗人能理解妳，他可以嗅出人類的本質，不論偽裝得多麼巧妙，他都能察覺偽裝之下的傲慢與愚蠢。

「我的鼻子可靈了，特別是對腐臭味，不管是生肉、剩菜，還是人的心地，只要是腐敗的臭味，我立刻就能聞出來，絕對瞞不了我。」

借狗人曾這麼說過。一點也沒錯，借狗人真的什麼都嗅得出來，非常厲害。

正因為如此，我想他會喜歡妳，一定會喜歡妳。他會動動他的鼻尖，對我說：

「嗯……紫苑，這女人還滿新鮮的嘛，看起來挺可口的唷！至少吃了不用擔心會食物中毒。」

他一定會笑嘻嘻地這麼說吧。他的嘴巴雖然很毒，嗯，我想在妳習慣之前一定會很驚訝，但是借狗人絕對不會說謊，不會違背自己的心意，是一個可以由衷信任的朋友。如果是妳，一定很快就能理解。

呵呵，我可以想像借狗人一臉彆扭的表情，輕輕握住妳伸出來的手的樣子耶！我想我應該會忍住笑意，看著那個畫面吧。

還有力河大叔。他年紀滿大了，原來他是我母親的朋友喔，很驚訝吧？

力河大叔的嘴巴也很毒，酒品也不好，他非常愛喝酒，幾乎整天都在喝酒。老鼠跟借狗人總是拿這件事來嘲笑他，他們嘲笑的方式實在太過辛辣，在旁邊看的我實在很同情力河大叔。

力河大叔的確是好太多了，可是該怎麼說呢？該說是有情嗎？我可以從力河大叔身上感受到力河大叔本身的感情，在NO.6絕對看不到這種人，對吧？直接披露出自己的感情，在那個城市裡絕對找不到這種人。

不過就老鼠的說法，應該只是「酒精讓他的感情栓塞全鬆了，成了廢物，因此才會全都外漏罷了啦」……沒錯，老鼠也是不輸給借狗人的毒舌家。

還有一個叫作火藍的少女。

嗯，就是跟家母同一個名字。她是我在西區第一個交到的朋友，雖然她還只是一個少女，但是她非常聰明，自尊心也很強。她很喜歡看故事書，我讀了好幾本給她聽喔。我真的好久沒讀故事書了。

其實，最重要的是我要告訴妳老鼠的事情，我希望妳能認識他。

四年前一個暴風雨的夜晚，我遇見了他，我覺得從那個時候開始，我就被他擄獲了。

跟他在一起，我會迷失我自己。不，不是那樣，是我會被鮮明地照耀出來，那個光非常耀眼，也許短時間會看不見，我的視力就是那麼脆弱，脆弱到無法確實掌握自己，也無法掌握自己周遭的真實。

沙布，他，老鼠的眼神跟語言貫穿了我，射中了我，擊垮了我，也拯救了我。因為他，我被融解了，被重塑了，被賦予新的生命。

沙布，沙布，妳對我而言是無可取代的好朋友，無法跟任何人比較，非常重要的朋友。

這句話很殘酷嗎？妳對我的愛，跟我對妳的想法，是無法交錯的平行線嗎？

為什麼會這麼孩子氣呢？

妳曾經這麼受不了地說過吧。

是啊，我真的很幼稚，幼稚到連我自己都覺得丟臉。

我無法控制自己的感情，如果我能如妳希望的愛妳……

愛無可取代、如此重要的妳……

齒輪轉動著，發出不舒服的聲音，不斷轉動著。

嘰嘰嘰嘰，嘰嘰嘰嘰……

現在是三個人在逃，一定能脫逃。

他們穿過圓柱間。四周寂靜無聲，只有老鼠跟紫苑兩個人的腳步聲。

深紅色的門開了，看見無人的走廊。

三道門都緊閉著，沒有人氣的感覺。

沙布的腳步停了。

「走吧，快點。」

她直指著電梯。

「我會在限制時間內讓電梯運作。」

「知道了。」

老鼠踏出走廊，他還抓著紫苑的手。

「沙布，妳也一起。」

「我只到這裡了，紫苑，謝謝你，再見。老鼠，你也是。」

沙布微笑。

門再度關上。

「沙布，等等，沙布！」

「紫苑！」

紫苑的手被抓住，身體被強硬地轉了方向，接著一拳打中他的腹部。

「唔！」

他聽見自己低沉的呻吟聲，接著身體一軟，倒進老鼠的懷裡，雖然沒有失去意識，可是短時間四肢麻痺，失去了自由。

他被拉到電梯前，耳邊傳來老鼠慌亂的呼吸聲及心臟跳動聲，彷彿正準備邀請兩人似的，電梯門打開，老鼠喃喃說了些什麼，他聽不清楚。雙腳打結，步伐蹣跚，老鼠直接抱著紫苑跌進電梯裡。

電梯急速下降。

警報聲依舊響著。

發生緊急狀況，發生緊急狀況。

危險度5，危險度5。

緊急避難，緊急避難。

所有人員迅速避難。

危險度5，危險度5。

緊急避難，緊急避難。

「沙布……」

紫苑跌落在地板上喘息著，老鼠也蹲著，反覆慌亂的氣息。

再也站不起來了，他這麼覺得。

肉體跟心靈都萎縮了。萎縮了，卻好沉重，無法形容的沉重，彷彿連髮尾都灌上了鉛似的，無法移動。

「還別……出聲。」

老鼠的聲音，從遙遠的頭頂上發出來的聲音，從好遠、好遠的地方傳來。

老鼠，我為什麼在這裡？為什麼我會這麼窩囊地倒在這裡，一動也不能動。

沙布人呢？為什麼留她一個人在那裡？

你告訴我，不能依賴別人，要自己去找答案。這是你說的吧？你輕視隨隨便便就依賴他人的人，我也可恥自己的脆弱。

但是、但是，這個時候請你告訴我答案，請你給我正確答案。

為什麼我在這裡？我為什麼留下沙布，自己在這裡？你告訴我，告訴我啊，老鼠。

我請求你。

電梯突然停了，身體因為反作用力而彈起來，又掉落地板。門微微敞開，不動了，燈光也消失了。

遠方傳來雷電聲，隨即第二波衝擊襲來，比第一次還要激烈許多。

雷電？不對，不是那種東西。那是……

爆炸聲竄進耳裡，黑暗襲來。

紫苑摀住耳朵，發出不成聲的聲音。

電梯門關上，下降。
沙布佇立著目送他們。

滿足了嗎？

忽然，耳朵裡響起溫柔的聲音。
「愛莉烏莉亞斯，是妳嗎？」
沙布環顧四周。當然，什麼也不會看見。
雖然看不見，卻能感覺到。

沙布，這是妳希望的嗎？妳滿足了嗎？
我滿足了嗎？沙布歪著頭。她把手放在胸前，倏地淚水湧現。
她想出聲哭泣。

紫苑……紫苑走了。

他為了自己來到這裡，明明覺得這樣自己足夠了，為什麼還會有這種心情？為什麼會這麼激動？

紫苑，在你身旁的人為什麼是他？為什麼不是我？為什麼我不被允許跟你一起生活下去？

如果沒有他，你會愛我嗎？

不能同生，但是應該能夠共死哦。

沙布抬起頭，在胸前握緊雙手。

沙布，妳並沒有希望那樣。

我其實、其實……希望你能跟我一起死，一起在這裡煙消雲散嗎……紫苑？

搖頭。不希望。

現在也是，一點也不希望，我希望你活著，活著改變這個世界，我希望你能創造一個不再有人必須蒙受這種不合理之死的世界。

紫苑，活下去，請你活完你的人生。

「愛莉烏莉亞斯，妳接下來要做什麼？」

我？我接下來要做什麼嗎……？

「是啊，妳跟我一樣可以獲得自由，那麼接下來妳打算做什麼呢？」

笑聲傳來，聽起來就像吹拂過草原的風。

我要做什麼？妳就等著看吧。

沙布覺得顫抖。不是草原的風，而是夾帶著雨雪的寒風，告知寒冬到來的冰冷的風吹來。

沙布，我喜歡妳。能遇見像妳這樣的人，也許……也許對我而言，有很重大的意義也說不定。

「什麼意思？」

是什麼意思呢？啊啊，時間到了，我也必須走了，沙布，再見。

「再見。」

是啊，時間到了。

沙布閉上眼睛，感覺到樹木在溫和的太陽照耀下散發出來的味道。

她的嘴角終於能帶著微笑了。

2 滾吧！

可惡的海市蜃樓啊，滾吧！
虛假的恐懼啊、幻影啊，都滾吧！
……我還活著！我剛才不是活得好好的？
……（中略）……
如今是理性和光明……意志與力量的國度……
我們這就來看看吧！
這就來比試比試吧！
（《罪與罰／杜思妥也夫斯基》）

莉莉睡著了。

在店後方的老舊沙發上，發出小小的安睡聲。

彷彿胎兒的姿勢。蹙眉抿嘴的睡顏與安詳相差甚遠，臉頰上還明顯留著淚水的痕跡。她一定很不安吧，牢牢抱著火藍替她蓋上的毛毯，身體縮成一團。

「莉莉……真可憐。」

火藍重新幫莉莉蓋好毛毯，莉莉的嘴角動了動。

「爸爸……不要走。」

她在講夢話，手牢牢抓住毛毯的一角。

淚水奪眶而出，火藍趕緊壓住眼角。

哭是沒用的，哭無法解決任何問題，紫苑離開時，不也哭到淚水都乾枯了嗎？

流淚，哭泣，再哭泣。

流下的淚水的確給了自己力量，因為哭泣，所以心情得以轉換，讓自己有勇氣朝著明天踏出腳步。

這樣的經驗有過好幾次，所以我不會看輕淚水，也不覺得可恥。

但是，現在不一樣。

我必須保護這個幼小的少女，我不能哭。

我必須要堅強。

火藍輕撫莉莉的頭髮。

我要保護莉莉遠離所有災難，不讓她繼續悲傷，不讓她繼續痛苦。我無法保護紫苑，無法保護沙布，但是，正因為如此，我怎樣也要好好守護莉莉。

我沒有什麼力量，改變這個世界的力量、趕走即將降臨的災難的力量，還有拯救我最重要的人的力量，這些我都沒有。

我只有微薄之力，但是並非無力，我還保留著僅有的、微弱的力量。我要使用那些力量，奮力張開雙手，成為那些比我還要脆弱者的盾牌。

「爸爸……爸爸……我好怕。」

火藍輕輕親吻莉莉的額頭。

「莉莉，別怕，沒事的。」

傳來敲門聲。

有人微帶點顧慮，卻又急躁地敲著門。以前每次一聽到敲門聲，火藍的內心就很激動，期盼是紫苑回來了，會有一股衝動讓她想衝去開門。

不過，現在的她冷靜許多，甚至還會注意傾聽敲門聲。

並不是因為失去了期盼，兒子有一天一定會回到這裡的希望還是牢牢地在身為母親的她的心底深處扎著根。

必再相見。

老鼠捎來的口信。那封簡短的信正是她的希望，而希望讓火藍重獲從容與決心，告誡火藍必須冷靜，也帶給火藍能夠相信的東西。

必再相見。

是啊，沒錯，紫苑，你一定會回來，一定會。

火藍站起來，悄聲靠近門邊。

「火藍，妳不在嗎？是我。」

聽起來有些疲憊的男人聲音。

是楊眠，莉莉的母親戀香的親哥哥，對莉莉而言是唯一的舅舅，少數親人中的其中一人。

「楊眠，等等，我現在幫你開門。」

火藍拉起百葉窗，打開門鎖。身材高瘦的男人走進店內，他的表情比他的聲音更疲憊。

「戀香的情況如何？」

火藍關上門，詢問坐在椅子上的男人。

戀香擔心沒有從工作的地方回來的丈夫，心情很亂，陷入激動的狀態。

「我給她吃了鎮定劑，好不容易才睡著了，她一直哭喊著……情況很糟糕，我沒想到她會那樣大哭，平常的她是一個還算堅強的人。」

「應該是非常不安吧。」

「是啊，不管怎麼等，月藥就是沒回來，他沒有搭平常那班巴士，也沒有搭下一班，這種事情從他們結婚後一次也沒發生過。戀香一直堅持月藥出事了，說不知道該怎麼辦。不管我怎麼勸她冷靜，她就是聽不進去……看得我都很心疼。」

「可是……要是在工作的地方出事了，應該會接到通知吧？連通知也沒有的話……」

楊眠無力地搖頭。他眼睛下方的眼圈更黑了，刻劃在眉間的皺紋也更深了。

「就是不知道他在哪裡工作，根本不知道該跟什麼地方聯絡，該去問誰。月藥連家人都沒讓他們知道他工作的地方。」

「工作的地方嗎？連戀香都不知道？」

「是啊，她完全不知道。剛結婚時她也問過月藥幾次，聽說他都沒有回答，只是告訴戀香他沒做壞事，只是在上司的命令下不得透露，一旦說出去就會被解雇，所以叫戀香別問。月藥都這麼說了，戀香也只好作罷。月藥的薪水雖然不高，但是就下城的居民而言，他賺的錢超過平均薪水以上，而且全交給妻子，漸漸的，戀香也不再問丈夫在哪裡工作，她想時候到了，月藥自然會告訴她。他們有莉莉，肚子裡的孩子也快出生了，生活的安定最重要，因此她雖然在意，卻也睜一隻眼閉一隻眼，沒想到結果……卻是這樣。」

「可是，連家人都必須保持祕密的工作職場……」

「妳覺得會是哪裡？」

楊眠抬頭望著火藍問道。充血的眼眸裡瞬間閃過銳利的光芒。

火藍吞了口口水。

祕密、隱匿、沉默。

「監獄。」

當這兩個字搭上舌頭的那一瞬間，苦味立刻彌漫在嘴裡。火藍知道是幻覺，可是她就是覺得苦到她都快發抖了。

「對，我也那麼認為，只有那個可能性，雖然沒有任何證據。月藥在監獄工作，當然，應該不是什麼重要的職務吧。連在末端工作的人都必須下封口令的工作職場……除了那裡應該沒有別的地方。」

「可是……就算月藥真的在監獄工作，他不是每天都會在固定的時間回家嗎？」

「沒錯，每天都像制式動作一樣，在一定的時間出門，一定的時間回家，然而今天卻怎麼等也等不到他回家。不只如此……」

楊眠欲言又止。

「發生什麼事了嗎？」

楊眠從胸前的口袋裡取出一個小袋子，將裡面的東西倒在手心上。火藍屏息。

「天啊，是金幣。」

三枚金幣。對住在下城的居民而言，一枚金幣等於約半年的薪水。

三枚金幣，是鉅款。

「聽說是月藥給她的。」

「他怎麼會有這麼多錢？」

「戀香也問了同樣的話，依她的個性，說是用問的，倒不如說逼問比較恰當。」

「月藥怎麼回答？」

「沒有明確回答，只是一直重複說並不是可疑的錢，是正當的報酬，到最後還是沒說清楚。只是……之後戀香聽到月藥喃喃地說有這麼多錢，有好一陣子都不用擔心生活的問題。戀香一直說月藥的意思是即使他不在，她們也會生活無虞……我也覺得那不全是戀香的胡思亂想。」

「月藥是不是有預感……他可能會出事呢？」

「嗯，聽戀香說，最近這一、兩天月藥的樣子很奇怪，感覺很像在懼怕什麼，又像是猶豫不決，特別是昨天他整個人都在發呆，常常叫他他也不應。」

「莉莉好像也那麼覺得，她非常擔心月藥。」

火藍講到最後，口氣都顫抖了起來，心跳加速。

來路不明的鉅款，彷彿預言不歸的喃喃自語，丈夫不可解的態度，這些全都帶著毀滅的味道，不難理解戀香會如此不安與慌亂，更何況她還經歷過前夫那種突如其來又難以理解的死狀。

又發生同樣的事。

想到這一點，更加深了戀香的恐懼與不安。跟月藥的家，是戀香與年幼的女兒千辛萬苦活下來後，好不容易才獲得的小小樂園，沒想到卻再度被奪走，必須再度經歷失去，這實在太殘酷了。

楊眠突然站起來，在狹窄的店內來回踱步，發出腳步聲。

「有關聯嗎？」

因為腳步聲的關係，火藍聽不清楚楊眠近乎自言自語的呢喃。

「什麼？你說什麼？」

楊眠的腳步倏地止住。他轉身站到火藍面前，臉上的表情雖然有些僵硬，但是也許在證明他的興奮，他的臉頰浮現血色。

「月藥的異樣跟NO.6的異常變化是否有關聯呢？妳怎麼看呢，火藍？」

「怎麼可能，不可能有那種事情。」

「你覺得沒有嗎？」

楊眠的雙眼看似發熱般地帶著暗沉的光芒。不過幾分鐘人的面相就變了，還是楊眠這個男人現在才露出不為人知的另一面呢？

「月藥不會是因為個人的事情而不能回家，如果是，以他的個性他一定會聯絡家人。那傢伙現在正處於想聯絡也無法聯絡的狀況，也許被禁止一切對外的聯絡。」

「你的意思是他被關在某個地方嗎？」

「嗯。可是，如果他被關起來，治安局應該會聯絡家人，至少到目前為止都是這樣，但是卻完全沒有。如果他工作的地方是監獄的話……有沒有可能是那裡發生什麼異常變化？」

監獄。

沙布應該是被帶到那裡去了，而紫苑現在大概也在那裡。

「不光是監獄……我說火藍，現在這個都市、NO.6正處於空前的動盪中，我想這一點妳應該也感覺到了吧？」

「是啊……」

楊眠再度開始踱步，叩叩叩，腳步聲比剛才更高亢、更忙碌地迴響著。

「神聖都市的市民接二連三死亡，市當局卻沒有採取任何措施。不，是無計可施，誰也不知道該怎麼辦才好，這種事是第一次發生吧。人類創造出來的最佳理想都市，甚至被譽為神聖都市的ＮＯ.６正瀕臨瓦解，或許明天就會毀滅也說不定。」

「楊眠，那言之過早了，不管怎樣……」

「不，我可以預測到。」

楊眠以強硬的口吻打斷火藍，嘴角還浮現笑容。

「這個都市正彌漫著過去誰也沒有經歷過的恐懼，害怕有生命危險的恐懼，而那分恐懼將直接轉換為對市當局的不滿，不滿早已膨脹不已，只差一步就會爆破。習慣服從，享受被賦予的虛假繁榮的市民們終於覺醒了。覺醒之後，這才發覺自己過去生活的世界的不自由有多不合理。沒錯，一點都沒錯，大家終於覺醒了，所以非常慌張。真是的，為什麼就不會早點覺醒呢！沒有人願意面對現實。」

「楊眠……」

火藍往後退了一步。

楊眠完全沒有察覺火藍的困惑，甚至連月藥的事情，連唯一的妹妹戀香的事情都全部忘掉了的樣子。月藥、戀香、莉莉，還有火藍，他似乎被滿腔的激動與思緒牽制著，無法顧及身邊的每一個人了。

她認識有這種眼神的人。

很久很久以前，當火藍還年輕的時候，那時候NO.6連輪廓都還沒有。那些人因自己說的話跟理想而興奮，眼神炙熱，語氣狂熱。她覺得耀眼，同時也覺得恐懼。那些人的炙熱眼神裡看不到人類，他們講述理想，卻完全不關心人類，甚至沒察覺他們的眼裡沒有人類的存在。

一邊談論著不久的將來要建造理想都市，可是他們的思考中卻完全沒有參雜人類……這太令人毛骨悚然。

火藍慢慢疏遠他們，她害怕待在他們身旁，害怕他們的眼神，最後那群創造NO.6基礎的男人們讓她恐懼、毛骨悚然，她怎麼也無法融入他們。

恐懼、毛骨悚然……好相像的眼神。

那群人談論理想都市的創造，而眼前的男人談論理想都市的破壞，立場正反兩極，可是眼神卻很相似。

「火藍，這是機會，扼殺虛構的神聖都市的機會，千載難逢的機會。沒想到機會這麼快就出現了，呵呵呵，老天爺也放棄NO.6了吧。」

楊眠站起來，哈哈大笑。

火藍打了個冷顫，背脊冰冷僵硬。

「楊眠……你在想什麼？你打算做什麼？」

楊眠的眼珠子往旁邊移動，視線投注在火藍身上。

「妳問我打算做什麼？嗯……火藍，我想我可以告訴妳所有事情，因為妳就像我們的同伴一樣。」

「同伴？……」

「在這個都市裡有很多人像我一樣，家人被殘忍地奪走，妳也是其中一人，對吧？」

被這麼一問，她也只能回答「對」，因為她的兒子的確是突然且殘忍地被帶走。

「市當局的監視相當嚴格，我們幾乎無法互相取得聯繫，妳跟我能像這樣隨意說話，簡直就像奇蹟，應該歸功於妳跟戀香是朋友、兩人又是鄰居吧。不過最近因為這個騷動，監視應該也沒那麼嚴格了，我想市當局忙於應對突發狀況就已經疲於奔命了吧。我就是要趁這個機會，妳看著吧！火藍。」

「楊眠！」

火藍大叫。

「回答我！你究竟打算做什麼？」

「噓，別那麼大聲，要小心隔牆有耳，現在還不能掉以輕心。火藍，妳聽好，我接下來要利用電子情報的網路向市民喊話：『市當局打算對市民見死不救，發生這種突發狀況卻不提出有效的解決方策，只是眼睜睜地看著市民死去。讓我們大家一起去包圍月亮的露珠，要求市長出面。他們高層人員打算自己施打特殊的疫苗，延續自己的性命，我們不能允許這種情況發生。』」

「等等，特殊疫苗是什麼？有那種東西嗎？」

「不知道。」

「不知道……不存在的意思嗎？」

「我現在沒時間管它有沒有，不過妳不覺得很可能有嗎？」

「你怎麼能散布那種不實的情報……楊眠，你打算散布假消息，煽動市民嗎？」

「沒錯，在市民的不滿即將達到最高潮的現在，這很有效哦，會是壓倒駱駝的最後一根稻草。火藍，幾乎所有NO.6的居民都會帶著憤怒與恐懼的心情包圍市政府、包圍『月亮的露珠』。很值得一看，不是嗎？那會是光想就讓人興奮的情景。」

「別那麼做，不行，你不可以做那種事！」

「不行？為什麼？妳為什麼那麼說？」

「會出人命的。」火藍正面凝視楊眠的臉，彷彿仔細斟酌每一個字地緩緩地說。

她的舌頭沉重，無法順利說話，腦袋似乎也有一部分麻痺了。

「會犧牲很多人的性命，楊眠，你應該可以想像得出來吧？市當局會怎麼對付群聚的市民……這根本不用想，不是嗎？他們一定會用武力鎮壓。這個都市、這個名為NO.6的國家絕對、絕對不會饒了不服從的人，他們會徹底壓制，用武力、用武力鎮壓市民……楊眠，你懂不是嗎？你不是很清楚嗎？」

楊眠避開火藍的視線，嘆了口氣說：

「要是有幾萬市民群聚，治安局再怎麼樣也無計可施，只要沒有軍隊，就不可能鎮壓得住。」

「要是軍隊出動了該怎麼辦！」

「說什麼蠢話，NO.6沒有軍隊，根據拜伯倫條約的規定，禁止所有軍隊。」

楊眠噤口，臉頰的線條僵硬緊繃。

火藍差點笑出來。

NO.6會遵守條約？在講什麼無心的戲言啊？原來你是那種輕易就能把連自己都不相信的話說出口的人嗎？楊眠，我記得你曾經說過，你說這個都市殘忍地吃人，你說你不是跟不把人當人的殘忍國家對抗，你是為了尊重人命而抗爭。

「會出人命的。」

火藍重複相同的話，講幾次她都在所不惜。

「要是軍隊與人群對上，會流許多……許多的鮮血，你不能做那種事，楊眠，你仔細想想，將會犧牲的那些人也有家人，也有深愛的人，也有像莉莉、像戀香這樣的家人，你不能讓那些人犧牲呀！」

「那也是沒辦法。」

楊眠的喃喃聲讓火藍止住話語，她一時之間無法理解楊眠所說的話。

「呃？什麼？」

「火藍，世界正要改變，會有人犧牲也是無可奈何的事情，要是害怕流血，那不就無法有任何改變嗎？」

「楊眠，你……你是說真的嗎？」

「妳問我是說真的嗎？當然啊，我沒瘋，瘋的是他們，是NO.6！我很正常，而且我什麼都不怕，即使犧牲生命我也不後悔，我只做我應該做的事。沒錯，我並不怕犧牲生命，只要是為了創造新世界，我樂於奉獻我的性命，成為新世界的基礎……這不就是真正的英雄嗎？」

為了創造新世界，犧牲是必要的嗎？一定要奉獻生命嗎？要求活供品的世界不就一模一樣？不就跟你拚命想要破壞的這個神聖都市一樣嗎？一點也不新，絲毫都沒有改變呀！

胸口好痛，呼吸紊亂，話說不清楚，只能喘息。

「你覺得你太太會希望……會希望你死，希望許多人死嗎？」

「內人……是啊，終於可以為內人跟犬子報仇了，他們兩人一定都會很高興。」

「楊眠，你太太並不希望你報仇，她絕對不會希望你死。我拜託你，想清楚吧，和平不會來自復仇，憎恨只會帶來憎恨呀，你必須活下去！」

楊眠的眼神變得險惡，眼眸裡閃著憤怒。

「火藍……為什麼，為什麼妳要阻止我？妳不是我們的同伴，是站在NO.6那一邊的嗎？」

「沒人那麼說，我只是……」

「夠了！」

楊眠大步邁向門口，伸手握住門把。

「火藍，真可惜，我以為我們能更互相理解，真的非常可惜。我對妳……非常失望。」

「楊眠……」

「妳很快就會知道我講的話有多正確了，到那個時候請妳祝福我，我會原諒妳。」

對的，我是對的，絕對沒有錯。

深信自己是正確的同時，認定自己一定沒有錯的人，已經犯錯了。

「莉莉跟戀香就麻煩妳了，我有好一陣子不能來看她們。」

門開了，風吹進來。外頭是一片黑暗，太陽早已西落，風在地面盤旋。

身材高瘦的男子消失在漆黑與夜風中。門關上了，只殘留夜的味道。

火藍蹲在地上，雙手摀住臉，緊閉雙眼。她覺得暈眩，人不舒服。

「阿姨。」

傳來少女纖細的聲音。

莉莉起身坐在沙發上，盯著火藍看。

「妳怎麼了？」

「莉莉……沒什麼，阿姨沒事。」

「真的、真的沒事嗎？」

莉莉伸出手來。

火藍連毛毯一起將莉莉抱緊。小小的身子顫抖著。

「沒事，沒事，妳什麼也不用擔心，真的沒事。」

火藍低聲呢喃著，彷彿唱歌一樣。

莉莉不再顫抖，有點急促的呼吸也穩定下來了。

「爸爸……還是沒回來耶。」

「是啊，他的工作一定很忙。」

「阿姨，我要回家，我要陪著媽媽，不然媽媽好可憐。」

「莉莉好乖。」

楊眠，你發現了嗎？你的外甥女這麼幼小、這麼虛弱，但是她卻懂得擔心母親，想要自己守護自己最重要的人。

像莉莉這樣的孩子有很多，你不能讓這些孩子痛苦，不能奪走他們最愛的人。求求你，別殺害任何人，你也不要死，不要被殺害。

「莉莉，媽媽現在在睡覺，我們讓她休息一下，等一會兒我們再去叫媽媽，妳先在這裡等爸爸。」

「在阿姨的店裡嗎？」

「是啊，我這裡有麵包，有剛出爐的麵包跟牛奶，還有一些水果。對了，我們三個人來開派對吧！等爸爸回來了，也讓爸爸加入我們。」

「派對！」

莉莉眨著眼睛，臉頰微微泛紅。

「派對，好棒。」

「好主意吧？我現在無法烘焙蛋糕，不過我有馬芬，也還剩下一些巧克力餅乾，應該也還有棉花糖，莉莉，妳可以幫我把東西漂漂亮亮地擺在盤子上嗎？」

「嗯，我做，我做，我想做！」

「那就麻煩妳囉！我們將東西漂亮地擺盤，做好派對的準備後，再一起去叫媽媽，戀香一定也會很開心。」

「媽媽一定會，她一定會非常開心，她跟我一樣都最愛吃阿姨的馬芬……啊，克拉巴特！」

「什麼？克拉巴特？」

火藍不自覺瞄向商品櫃，櫃上幾乎沒剩什麼商品。不是都賣光了，而是她今天根本沒能做些什麼，因為送貨的業者沒來，街上的商店也幾乎都沒開，小麥、砂糖、奶油和油都所剩無幾，再這麼下去，再過幾天都會全空了吧，到時候火藍的店也只能停止營業了。

流通機能開始麻痺。

「莉莉，阿姨今天沒炸克拉巴特。」

火藍說完，才察覺原來莉莉說的並不是麵包的名字。是克拉巴特，茶褐色的小老鼠。

「我看錯了……」

莉莉嘆息，臉上明顯浮現失望的表情。

「我以為克拉巴特來了，結果是我看錯了。」

「莉莉想見克拉巴特嗎？」

「嗯，我好喜歡那隻老鼠，牠的眼睛好漂亮，放在手上暖暖的，我好喜歡牠。阿姨，克拉巴特的家在哪裡呢？」

「是啊……牠住在哪裡呢？」

「阿姨也不知道嗎？」

「阿姨不知道，真的很遺憾，阿姨不知道。」

「是嗎？我好想去克拉巴特的家看看，我覺得會是一個很開心的地方，我想除了克拉巴特之外，一定還有許多其他小老鼠。」

「是啊，阿姨也那麼覺得。」

克拉巴特回去的地方，那裡有我的兒子。

紫苑，你現在在做什麼呢？你還好嗎？你跟老鼠在一起嗎？你跟老鼠還有沙布都活著吧？媽媽什麼也無法幫你，媽媽很沒用，無法照顧到你們。

你要活著，紫苑，你要珍惜你的生命，要愛惜他人的生命。必再相見。

是啊，沒錯。我們不會輸，不管情況變成怎樣，我們一定會活著再見的。

「阿姨，我去拿盤子來。」

「好，交給妳了，拿櫥櫃裡面最大的那個花盤子來，裡面還有同款的茶杯跟茶壺，妳找得到嗎？」

「找得到，交給我來辦。」

莉莉以小朋友特有的輕快動作衝到櫥櫃前。

火藍捂著胸口，悄悄地不斷深呼吸。

不論發生什麼事，一定要活下去。不當留名後世的英雄，只想簡簡單單活下去，過完這一生，不要別人強行賦予的生活，要能過自己能夠決定的一生。

這就是我們的勝利。

對嗎？紫苑，還有，老鼠。

「我們要在這裡待多久？」

力河憋住想要打出的呵欠，他從外套口袋裡拿出金屬製的扁平瓶子，酒精味好嗆鼻。

「好嗆鼻，裡面裝了什麼？」借狗人摀住鼻子問。

「你想問嗎？」

力河臉上浮現下流的笑容，輕輕搖了搖瓶子，傳來液體搖晃的聲音。

「我不問也知道，一股劣酒的味道撲鼻而來耶！天啊，好嗆，讓人心情煩躁。」

借狗人整張臉都歪了。他並沒有作戲，連蓋子都沒打開就飄來讓胸口覺得噁心的酒精味，刺激著借狗人的鼻子。

「知道就別問了。」

「我很無聊呀，可憐的是只有一個酩酊大醉的酒精中毒大叔可以講話，不找話題不行啊，我可是有盡心努力喔。」

「不是有狗？」

力河用下顎指指桌底。黑毛的大型犬攤平在那裡，房間角落還有三隻狗各自以舒適的姿勢休息著。小老鼠們蜷曲著身體，臥在黑白斑點狗的背上睡覺，以別的角度來看，就像淳樸寧靜的風景。

力河似乎很不滿意這樣的風景，蹙眉呻吟著說：

「隨你愛找狗還是老鼠，找你喜歡的對象吧，這些聊天對象很適合你啊。」

「牠們的休息很重要，我不想打擾牠們。」

「嘖，講得真好聽。真是的，小小的一間房間被狗占據，手腳都無法伸展，為什麼身為人類的我必須縮在椅子上才行？」

「因為名次的問題啊。」

「名次？」

「等級啊，比起酩酊大醉的金錢逃亡者，我的狗等級比較高，就是這個意思。」

「隨便你愛怎麼說，反正也不過是敗犬的虛張聲勢。」

力河輕輕聳聳肩，將瓶子裡的東西倒入嘴裡。

「敗犬？大叔，你已經舉白旗了嗎？我先講在前頭，都走到這一步了，要是吃了敗仗……」

借狗人不再說下去，伸手探向桌上的背包。

力河充血的眼睛瞪了過來，說：

「吃敗仗是什麼意思？講話別那麼不直接，還是你已經忘了怎麼講人話了？哈哈哈，借狗人，你愈來愈像狗了哦！該不會沒多久就會長出尾巴、全身是毛，改用四隻腳到處亂跑了吧？哈哈哈！」

借狗人斜睨著力河喝酒後變得通紅的臉，輕聲咋舌：

「變成狗？非常好啊，求之不得的幸運。要是祈禱就能變成狗的話，我願意向任何神明祈禱。」借狗人半認真地說。

如果還有輪迴，你想當狗還是當人？

要是有人或是神明這麼問，我會如何回答呢？

我想我一定回答不出來，難以抉擇吧。

借狗人不認為人比狗高尚，也不認為人比狗好，他了解狗也有崇高的靈魂，知道人類也有愚蠢的心。

狗只需要活下去所必須的食物，而人類的欲望卻是無止盡，肚子吃飽了就想要財富，財富有了就想要更進一步的富裕與權力。

知道滿足的狗比不斷奢求貪欲的人類，不是更聰明、更有智慧嗎？

力河毫不客氣地發出呵欠聲。

「至少比這位大叔有智慧。」

「什麼？你跟我說話嗎？」

「沒有，我只是在講狗話。」

「呵呵。然後呢？會怎樣？要是吃了敗仗，我們會變成怎樣？」

「跟月藥一樣。」

力河的手僵住了，威士忌從正要往嘴裡倒的瓶口滴落地板。

「變成屍體被拖在地上，也許是先被拖在地上才變成屍體。不過，兩者並沒有多大的差別，對吧？」

「是沒錯。」

力河用力鎖緊瓶口，收進口袋裡。也許是想起月藥被擊中胸口的模樣，他鬆弛的臉頰開始微微顫抖。

力河怕死。

借狗人無力嘲笑他膽小。

借狗人也怕死，比什麼都怕。

月藥幾乎是當場死亡，應該沒什麼痛苦吧，就某種意思來說，是很幸運的死。

借狗人看過太多殘忍的死相，對他而言，沒有痛苦的死就是上天賜予的恩惠。如果要死，他希望能沒有痛苦地死去，

但是，要是能活下去，不管用什麼手段他都想活下去。

熬過痛苦之後，等待在前方的居然是死亡，他不願意過那種生活，但是為了活下去的痛苦，他可以忍受，忍受著，然後活下去。

不想變成月藥那樣。

我不會跟月藥一樣，我不會毫無反抗地被NO.6殺害，我絕對不要變成犧牲品！

他拉開背包的拉鍊，檢查內容物：折疊式的自動手槍兩把，幾個投擲用的小型炸彈跟彈匣，都是舊式的中古貨。

「真寒酸。」

力河沒漏聽這句夾雜嘆息的喃喃聲。

「不滿意的話，你去弄來呀。你知道我為了準備那麼一點武器就花了多少工夫嗎？你說，在西區的哪裡可以弄到最新式的光子槍、電子槍和可定時的自動極小型炸彈？如果你知道，可以介紹給我嗎？」

「什麼嘛，我以為利用力河大師的人脈與組織網，武器這種東西根本就是小巫見大巫，原來我太看得起你了，真讓人失望。」

「沒有比能讓你或伊夫失望更讓我開心的事了，今後請不要對我抱有任何期望，如果要讓你們對我有期待，我寧可全世界的女人全都拋棄我。」

「你不用擔心，女人們早就已經對你死心了。」

借狗人輕輕鬆鬆地回敬力河的惡劣態度，開始組裝自動手槍。

「借狗人。」

「幹嘛？」

「你會用槍嗎？」

「你覺得呢？」

「你對誰……不，不是人也可以，狗、貓、老鼠都可以，你對牠們開過槍嗎？」

「我曾經差點被打中，被肉店的老頭。在我想摸走肋骨肉的時候，他非常生氣，拿起來福槍對我猛開槍，差一點就打中我的額頭。驚險，太驚險了。」

「那可真令人惋惜，要是能幫你開個洞，讓你的腦漿通風應該會好一些，那麼我想你講話也能變得高明一點。」

「哈哈哈，很抱歉，我這顆頭還是這個樣子，腦袋裡塞滿東西，倒是肉店的老頭已經被埋在瓦礫底下，現在大概已經變成肉塊了。」

「那個老頭被『真人狩獵』幹掉了嗎？」

「是啊，手臂好像掉下來了，那樣已經無法再拿來福槍了。」

力河用手背擦拭嘴角，重新再繞回原來的提問：

「好吧，那你呢？你有射擊的經驗嗎？」

「沒有。」

力河的黑眼珠游離著，他的動搖直接表現在視線的搖動上。

「大叔你呢？有沒有跟這位漂亮的小姐好好相處過？」

「也不是沒有……只不過我的射擊技術跟摀住雙眼的猴子沒兩樣。」

「您太謙虛了。」

「追根究柢，伊夫幹嘛叫我們準備這種東西？這裡不是清掃管理室嗎？他要我們帶著武器在這裡待命，那小子究竟想做什麼？」

借狗人拿著槍，突然轉頭。他瞄準坐在面前的男人的胸膛，準備開槍。

「再見了，大叔。」

「呃？借、借狗人，你要做什麼？」

「就是你看到的，你放心，我不會打歪，一定一槍送你去另一個世界。」

「混、混蛋！把槍放下，我想說把槍放下。」

力河發出悲鳴，站了起來。他的動作太猛，絆到了腳，直接跌坐在地上。

「住手，借狗人，你發瘋了嗎？住手！」

「碰。」借狗人把槍對準天花板，露出笑容。「哎呀，我忘了裝上子彈了。」

力河坐在地上，喘著氣抬頭看著說：

「借狗人，你……得意忘形也要有個限度！你這樣戲弄我有什麼好處？」

「無聊，我只是想嚇嚇你，沒想到你的反應這麼配合，太有趣了。」

「開什麼玩笑！可惡，我豈容你這種小鬼戲弄！我要回去了，我不想再跟你兩個人獨處在這種地方，再也無法忍受了，再見了。」

也不知道他到底有幾分說真的，就見他站起來往門走去。

「要是你走出去一步。」

借狗人再次擺好姿勢。

「這次我會真的開槍。」

「你不是沒裝子彈？」

「你還真相信那種玩笑話？我是沒開槍的經驗，但是這麼近的距離，連摀住眼睛的猴子都打得中。」

力河連續咋舌。

嘖、嘖、嘖，接著環顧四周，嘆了一口氣說：

「這裡好暗。」

力河粗大的手指在牆壁上摸索電燈開關。燈亮了，好刺眼，對習慣月光和蠋光的借狗人而言，電燈的光芒太刺眼了。就在他眨眼的那一瞬間，槍被一把奪走。他踉蹌了一下，就在往前踏出一步的同時，側臉被一拳揍上，頓時腦筋一片空白。

這次換借狗人跌坐在地上。

「這個沒用的臭小子，不過給你吃點苦頭，就爬到我頭上來了！」

力河的怒罵聲從借狗人的頭上傳來。

黑狗發出威嚇的聲音站起來，其他的狗動作也很迅速，牠們包圍力河，發出低沉的吼叫聲。小老鼠們全都擠在房間的角落，看著事情的發展。

「你們這些愚蠢的狗，別看不起人類！有膽就撲上來看看，我會先一槍打穿你們主人的頭！」

「厲害哦，大叔，你還能動嘛，媲美老鼠的動作……這一句是太言過其實了，不過你真的很厲害，不，我對你另眼相看了，大叔你是一個動作敏捷的醉鬼。」

「隨便你愛怎麼廢話連篇，我是真的生氣了，送你個兩、三發子彈，我想我的煩躁也能全部平息。哼，你受死吧。」

「很遺憾。」

借狗人帶著笑容，伸出手指插入槍口說：

「這個是真的沒裝子彈呀，力河大人。」

接著他輕輕吹起口哨。狗兒們緊繃的情緒瞬間緩和，當場懶散地趴下去。黑狗搖晃著蓬鬆的尾巴，完全看不出剛才猙獰的模樣。

「我可能玩得太過火了吧，我道歉，大叔。」

借狗人起身向力河低頭。他被擊中的臉頰還很痛。

「真是的……」

力河將槍丟在桌上，如同斷了線的傀儡人偶一樣地癱坐在椅子上。

「我們到底在做什麼。待在這種地方……什麼也不能做，只能癡癡地等……」

「無法忍受嗎？」

「如果我說無法忍受，你要笑我嗎？」

「不，我不想笑你，沒那個力氣，也就是說，我也……跟你一樣。」

「哦，第一次跟你意見相同。」

「是啊，我看這一定是凶兆，不吉祥。」

雖然借狗人試著開玩笑，但是氣氛還是很低迷。

他從沒想過等待是如此難熬的事情。

在曾是月藥工作場所的這間房間裡等待老鼠跟紫苑。

現在知道的只有這樣，至於那兩個人會以怎樣的方法出現在這裡，借狗人完全無法想像，力河當然什麼也不知道，說不定連老鼠自己也並沒有明確掌握。

沒錯，要是怎麼等，老鼠跟紫苑也都不出現的話，那該怎麼辦？等待，再等待，不斷等待下去，結果卻是等不到人的話……

別想了，太不吉祥了，這樣不就跟敗犬一樣？真不想在對抗之前就先成為失敗者。

但是，好難熬……

到底要等到什麼時候呢？接下來會發生什麼事呢？

無法預知的等待實在好痛苦，彷彿有無數根透明的針在刺著，彷彿被看不見的火焰焚燒著。

剛踏入這間房間時那顆激動的心如今氣勢早已衰退，如同疲憊不堪的老人一樣萎縮。真沒用，不像樣，好難看。

這些我都懂，可是……

明明下定決心，早有覺悟而來，然而無所事事的時間卻侵蝕著當時的決心與覺悟。

雖然還沒有力河那麼嚴重，但是我也想就這麼離開這裡，更別說心裡還惦記著小紫苑，他應該也快要醒來了。

小紫苑醒來後要是沒發現我，他應該會哭吧？

唉，他會不會想找我，所以大哭大鬧呢？

如果可以，真想他能在狗狗們的守護下，一直睡下去，不過那是不可能的吧。

搖頭。

不能想小紫苑的事情，心會變得軟弱，會想要逃回家，所以現在不能想。忘了吧，要忘了，現在能想的……現在能想的……老鼠的信。

手摸向胸口。

老鼠的信，匆促寫下的紙條上寫著指示的文字，要他們準備保護人身安全的武器。

準備保護人身安全的武器。

要充分注意，小心待命，絕對不能掉以輕心。

保護人身安全，也就是說要跟誰打鬥嗎？那個誰是指派駐監獄的治安局局員嗎？可是，治安局局員不可能專程來清掃管理室。在這間房間裡有一名長年在這裡工作的男人被殺，早已變成屍體，應該已經沒有人需要來這裡……

借狗人吞了口口水。

要充分注意，小心待命，絕對不能掉以輕心。

他撲向牆壁的開關，關掉電燈。

「喂，你在幹嘛？烏漆抹黑地什麼都看不見耶！」

「不妙。」

「不妙？什麼東西？」

「電燈，我們開了燈。」

「那又怎樣？黑漆漆的，誰都會開燈啊，在西區電燈也許是奢侈品，但是在NO.6可是理所當然的照明工具呀。」

「笨蛋！我不是那個意思。要是有人注意到剛才的燈光，你覺得會怎樣？」

借狗人在漆黑中也看得到力河的表情僵住了，他原本就很適應黑暗。

可惡！根本一點也不需要照明。

「沒事的。」

力河悄聲說，以一種勉強擠出來，幾乎聽不見的沙啞聲調。

「沒必要那麼神經質，跟隻迷路的兔子一樣小心翼翼啦。我們也只不過開了一、兩分鐘的燈嘛，清掃管理室就算燒掉了也不會有人注意到啦。你不是也說過，這裡是一個連監視攝影機都沒裝的樂園嗎？」

「過去的確是如此。」

月藥被懷疑而被盯上，最後被射殺。老鼠他們成功入侵監獄內部，因為跟他們的行動有關，清掃管理員被懷疑是入侵者的一員或是袒護者。

如果真如他預測的，那麼這間房間不是樂園，根本就是危險地帶，至少監視可能比以前嚴格，非常有可能。

倏地，黑狗站了起來。牠低聲吼叫，環顧四周後，視線停在某一點上。是門，通往監獄的門。黑狗凝視著只能從監獄那邊開的金屬門，不停低吼著。

糟了！

借狗人抓了把槍，丟向力河。

力河用雙手好不容易接住舊型簡式馬槍，雙唇打著哆嗦說：

「借狗人……怎麼了？發生什麼事了？」

「有客人來了，大叔，而且還是不請自來的客人。」

喀鏘。

這次從背後傳來聲音，是入口的門，有人走動的氣息透過粗糙的灰色大門傳進來。

「兩面夾擊嗎？別開玩笑了！」

可惡！又搞砸了。我們犯了錯，要命的錯。

借狗人緊咬下唇，但是再怎麼咬也無濟於事，即使咬成碎片，犯的錯也無法挽回。

借狗人，快行動！

耳裡傳來老鼠的聲音。

要打開活路，只有一個辦法就是行動，後悔已經無濟於事。

行動，快行動！

為什麼會聽到那個傢伙的聲音？為什麼連在這個時候……

不，正因為是這個時候，所以聽得到。

快行動，尋找可以活下去的路。

吵死了，老鼠！活下去的訣竅我可是認真學習得來的！

借狗人伸手抓起背包。

「這邊！」

他用身體撞向通往垃圾收集場的門。門一動也不動，警鈴響起，金屬門緩緩打開，出現軍靴的前端。

「借狗人，這個！」

力河觸摸牆壁上的開關，門往左右滑開。

「喝！」

借狗人為了鼓舞自己，發出吶喊聲。

狗兒們緊接著借狗人跟力河衝進垃圾收集場，哈姆雷特與克拉巴特也從腳邊飛奔出去。

「呃，好臭！」

力河咳嗽。

的確是惡臭，彌漫著肉湯腐爛的臭味，應該是來自拿給月藥的膠囊裡的臭味沒錯，被吸塵器吸起來的膠囊跟其他垃圾一起送到垃圾收集場來了。

月藥要是沒有被擊中胸部，明天應該會默默收拾這些堆積如山的垃圾，如同往常一樣完成自己的工作。

「讓人想嘔吐的臭。」

力河低聲呻吟。

借狗人的腦海中閃過一個念頭。

他一回頭，越過玻璃看見手持著槍的治安局局員。

一個人、兩個人、三個人、四個人……四個人嗎？

「大叔，跟著我來。」

垃圾收集場的角落，靠近垃圾排出口的附近有小型挖土機，就是用它將垃圾倒在輸送帶上，送往焚燒爐。

他們躲在被塗成黃色的重機械後面。

燈亮了，四周照耀得很明亮。

NO.6的人為什麼那麼討厭黑暗呢？

借狗人忽地這麼想。

他們為什麼會忌諱看不到、沒有光，黑暗的存在，企圖想照亮全部呢？

治安局局員們打開門，邁步走進來。在同一瞬間，他們用手摀起口鼻，彎曲身子。

「這是什麼味道？」

「好臭。」

四個人全都往後退，每個人都臉部表情歪曲，還有一個人跪了下去，當場嘔吐。

借狗人暗自竊喜，笑著拿槍瞄準。

哼，什麼治安局局員嘛，態度傲慢，卻那麼不中用，才這種程度的臭味就鬼叫，呵呵，全都是一些被寵壞的窩囊少爺嗎？真可笑，快點滾回家找媽媽喝奶吧！

扣扳機。

一陣衝擊，額頭好像被用力敲了一下。借狗人轉身回頭，他的脖子以上感覺麻痺。

「槍術真爛，你打哪裡啊！」力河怒吼。

「沒辦法啊，這是我第一次開槍啊，要不然你來打打看。」

「我不要，我是堅定的博愛主義者，就算對方是治安局局員，我還是無法對人類開槍。」

「先打中個兩、三發之後再來講那種會讓人覺得噁心的笑話吧。」

治安局局員連滾帶爬地逃離臭氣，要是沒戴防毒面具，他們應該不會想再踏入這個地方吧。

他們也真脆弱。

他們不是一般市民，是受過特別訓練的治安局局員，居然無法忍受這種程度的臭味。

不過，現在不是嘲笑對方脆弱的時候，反倒該感謝，慶幸因此能賺到時間。

借狗人還沒天真到安心覺得危機遠離了，可是至少爭取到時間，可以喘一口氣。

爭取到時間又能如何？

喘過氣後要怎麼辦？

他舔舔下唇，有種乾枯黏膜的觸感。

這間房間的出入口只有一處，就是剛才衝進來的那道門，門前有治安局局員，有敵人埋伏著。這裡就等於跟密室一樣，無路可逃，那群被寵壞的窩囊少爺總會再採取攻擊，那麼一來……

愈想愈覺得情況很絕望，可是借狗人並沒有放棄。

會有辦法的，我們絕不可能就這麼完蛋。

對吧？老鼠。

他不知道他相信的究竟是老鼠還是他自己，他只知道他相信，因為相信，所以不放棄。

會有辦法的，一定要想出辦法，絕對不能就這麼結束！

「借狗人。」

力河用力抓住借狗人的肩膀。

「他們要做什麼？」

「什麼？」

借狗人瞄向小房間，倏地倒抽氣，然後就一動也不能動了。

治安局局員們搬來奇怪的機器，大小跟在腳邊擺出威嚇姿勢的黑狗差不多，一邊開了個大洞，另一頭則縮成約三分之一，從那裡延伸出幾條螺旋狀的管子，從借狗人這邊看不到管子接到哪裡。

機體部分跟洞口裡面都是介於藍色與灰色的中間色，而且閃閃發亮，讓人聯想到擦拭得很光亮的銅管樂器。

「那是什麼？大喇叭嗎？」

力河一臉呆滯，可是聲音卻帶著緊張與恐懼。

「接下來要開音樂會嗎？應該要早點通知我嘛，我好穿著正式的宴會服來啊。」

借狗人沒有那個餘力回應力河的玩笑話。他無法嚥下吸進的氣，心臟的鼓動怦怦怦地響著，幾乎要震破鼓膜。

西區的許多情景一一重現，是在「真人狩獵」後的景象，四周一片都是瓦礫。

過去是一整排組合屋、帳篷、兩層樓高的磚瓦房屋林立的市場，已經被破壞殆盡，連影子都看不到，只剩下一堆瓦礫。

那並不是用炸彈造成的破壞，因為完全沒有火藥特有的臭味，也看不見燒焦的痕跡，當然也沒有裊裊升起的煙。

NO.6如同往常一樣並沒有在「真人狩獵」中使用炸藥，借狗人甚至有種感覺是一隻巨大的手搗爛了整個市場。

NO.6到底是用什麼代替了巨大的手？

「衝擊音波。」

力河的耳朵動了動。

「喂，你剛才說什麼？」

「……NO.6在『真人狩獵』時使用了衝擊音波，就像叫什麼摸香還是抹香之類的名字的鯨魚一樣。」

「衝擊音波是什麼東西？為什麼突然出現鯨魚？你也簡單解釋給我懂啊。」

「我沒辦法，這些全都是老鼠告訴我的。大叔，你也親眼看到市場變成什麼慘樣了吧？」

「是啊……還真乾淨，真像大掃除的模範樣本……那個時候使用了你說的那個什麼衝擊音波嗎？」

「沒錯。」

力河瞪大眼睛，大到甚至能看清楚每一條血管。

「借狗人，那麼那個奇怪的喇叭不就是……」

「可能是西區使用的那種的小型版。」

可能？喂，借狗人，自己騙自己沒什麼好處的喔。那就是小型的衝擊音波砲，十之八九沒有錯，原來NO.6連這種東西都開發出來了。

力河發出低吼聲。

「他、他們要在這裡……對著我們開那個嗎？」

「別問我，去問他們啊，他們才知道答案。」

力河再度低吼。在漆黑中，借狗人看見力河漸漸蒼白的臉。他握緊手槍，朝著藍灰色的破壞武器開槍。這次他沒有踉蹌，用力踏穩腳步，好不容易穩住身體。他無法分辨子彈打中哪裡，也許哪裡也沒打中，就像隨性的烏鴉，自顧自地往遠方飛去。

「連個自動對準裝置都沒得裝嗎？」

「西區怎麼可能找得到那種高級品。」

「嘖，我看你一定殺價再殺價，對吧？居然找來這種只比玩具好一點的爛東西。」

「有問題的不是槍，是你的槍術。」

他們從挖土機的後頭窺探小房間裡的情況。

只看見治安局局員默默地工作，並沒有打算反擊的模樣，連一發都沒有開槍打回來。

不需要的意思嗎？

在即將行刑的時候，沒有必要毆打可憐的死刑犯嗎？

是這麼一回事嗎？

應該是這麼一回事吧。

真是慈悲為懷啊，感動得要掉眼淚了。

「借狗人，借狗人，怎麼辦？這麼下去我們就……」

力河發出悲鳴，蹲了下去。

他抱著頭，採取保護身體的姿勢，全身還顫抖著。

開什麼玩笑，我絕對不在這裡認輸！

我可不是為了死在這裡而出生的。

激動的情緒充斥著借狗人的胸膛。

為了什麼目的出生？借狗人過去不曾想過這個問題，他覺得無聊，根本連想都不想。

對他來說，尋找出生的目的這種事不過是個愚蠢的遊戲。已經出生在這個世界，所以要活下去，這就是他的想法，而且他認為自己的性命就是屬於他自己的。

要捨棄這條命，要保護這條命，都由我自己決定，別人沒資格插手。

他拿起槍來猛開。

射擊的技術？誰管那種無聊的東西！

區隔小房間與垃圾收集場之間的玻璃發出巨大聲響，碎落一地，治安局局員明顯開始動搖。

因為臭氣形成一股潮流，流進小房間裡。

行動！

老鼠的手拍借狗人的手背。

快行動，借狗人，為了活下去而動！

當然，我原本就是那麼打算。

往前衝。

黑狗越過借狗人，跳了起來。牠從壞掉的窗戶竄進去，朝著治安局局員撲過去。

3 停止這場殘忍的戰爭吧

拉厄爾忒斯之子、宙斯的後裔、足智多謀的奧德修斯啊！
請立刻停止這場殘忍的戰爭吧，
要不然的話，可能會引起克羅諾斯之子、以遠雷聞名的宙斯的憤怒。
（《奧德賽》／荷馬）

電梯門只有微開。
老鼠往那裡伸出手。
給我力量，拜託妳。
老鼠祈禱，他祈禱的對象不是神，而是那個眼神裡擁有堅強意志的少女。
沙布，給我們力量，再一點點，只要再給我們一點點力量
門開了，但是完全不夠，無法讓他們從這裡逃出去。

背後傳來狂亂的氣息。

「紫苑……」

紫苑站起來，沉默地伸出手，用手指抓住門，他們的視線對上。月夜從超纖維布裡面探出頭來，發出一聲高亢的鳴叫聲。

吱吱！

老鼠與紫苑以這聲鳴叫作為暗號，開始用力拉門。縫隙愈來愈大，勉強可讓一個人通過。

電梯傾斜，腳底開始搖晃。

「快，快逃出去！」

老鼠將紫苑的身體推擠出去，自己也從縫隙滑出來。電梯嘎吱作響，發出尖銳的聲音，接著變成震耳欲聾的巨響，彷彿等待他們逃脫似的，隨即墜落。

老鼠瞬間閉上眼睛。

感謝妳，沙布。

有幾道汗水滑過臉頰，腳傷非常痛，心臟的鼓動讓胸膛的血管從內側敲打。

好痛苦。氣力與體力都削減、凋零，已經所剩無幾。

好痛苦，可是……

這分痛苦，這分疼痛，這分鼓動正是還活著的證明。

還活著，我還活著。

他睜開眼，環顧四周。

他看到飛散四處的玻璃以及濕淋淋的走廊，還有橫躺著的兩具屍體。

黑髮士兵和羅史維持著跟老鼠他們離開時一模一樣的姿勢。

滿身是血的其中一人倒臥在走廊上，另一個人則被拋到牆邊。

已經不見阻隔牆，自動灑水裝置也沒有啟動，看不到人影也沒有人的氣息。

什麼都沒有，只有老鼠跟紫苑的呼吸聲，聽起來異常大聲。

砰！

有什麼爆炸了。

回頭一看，走廊角落的房間開始冒煙，那是他們兩個人破壞通風孔下來的房間，他們馬上就從還敞開著的出入口看見火焰的前端。

燒起來了。

同樣的爆炸聲從樓下也傳過來，同時傳來人的尖叫聲與騷動。

各樓層的電腦系統爆炸，貫徹火燒的工程。彷彿忠實的大臣一樣，監獄裡所有的裝置正追隨著母體電腦的腳步。

無心的機器殉死嗎……？

不對，只是那麼被設定而已。

母體的停止意味著監獄所有系統的癱瘓，因此設定在來自母體的信號傳達中斷的那個時點會自爆。

並不是消滅、消除情報，或是讓機器本身無法動作這種仁慈的手法，而是強制性破壞。

這麼說來，還是算殉死嗎？

被強制要求的死亡，隨著自己的死亡結束一切，完全不寬容苟活的可能性。

設計這套系統的人物直接套用了獨裁者的統治理論嗎？

火焰延伸到走廊，熱氣襲來，四周都是煙。

滅火裝置完全沒有啟動，排煙裝置、空氣清淨裝置一動也不動，為了排除異物而設計了那麼完善的系統，卻完全起不了作用。

「紫苑，下面，我們往下逃。」

他們從樓梯衝下去。熱風從下面吹上來，職員們尖叫，不解地四處逃竄。

「失火了，失火了。」

「不對，是爆炸，電腦突然無法操控，哎唷，到底怎麼回事？」

「救命，我的手被炸掉了……請幫我叫醫生。」

「恐怖，好恐怖，逃命啊，快點。」

「發生什麼事了？這是怎麼回事？全都癱瘓了，連電動門也不開了耶。怎麼不開燈？」

「快來人，這個人血流如注，快來人啊！」

「濃煙……好嗆。」

「電梯不動了，樓梯，只能從樓梯逃。」

根本就是人間地獄，白衣人爭先恐後地從樓梯往下衝，甚至還有人腳步打滑，重疊倒在一起。

有人想救同伴、有人踩過跌倒的人，一心想逃、有人哭泣、有人大聲指示緊急通路、有女人想扶起全身是血的男人、有男人推開步伐蹣跚的女人，逕自逃走……

每個人都露出真面目，身處災難現場。

傳來特別大聲的爆炸聲。

也許是哪裡被炸開一個洞吧，有空氣流通，煙霧漸漸散去，獲得短暫的喘息空間。

再度傳來相同的聲音，接著是輕微的騷動聲。

回頭一看，確認那個聲音來自牢房大樓的方向，被關的囚犯們騷動著。不，要是牢房大樓整體也是在電腦的管理下，那麼每一道門應該都解鎖了，那股騷動聲也許是突然得到解放的囚犯們發出的歡呼聲與吶喊聲。

如果真是那樣……

到三樓了，這裡火焰、濃煙、混亂的情況都比四樓能夠控制。在樓梯轉角處喘息，已經恢復理性的一部分人們互相扶持，正打算逃離災難現場。

能夠就這麼逃脫嗎？

希望閃過腦海，黑暗中閃過一瞬間的光芒。

整個系統都癱瘓了，監獄設施如今只是普通的建築物，喪失所有功能，即將化為廢墟。再加上囚犯，騷動與混亂更加激烈。

如果真是這樣……

利用這一點逃出這裡，似乎應該滿簡單的吧？大概不會有什麼人來阻擋他們離開。

「紫苑，我們走。」

壓抑興奮的心情，老鼠抓著紫苑的手說。

可是紫苑卻沒有動。

「紫苑！你在做什麼！我們要快點逃。」

「為什麼殺了她？」

紫苑幾乎沒有張開嘴巴這麼喃喃地問，以近乎呻吟的音調。

老鼠放開手，他的視線迎向紫苑的眼眸，感覺自己的血液漸漸冷卻，從末梢漸漸凍結。

「老鼠……回答我，為什麼殺了沙布？」

紫苑的聲音盤旋在喉嚨，帶著不自然的混濁，就像透過舊式擴音器聽著全是雜訊的音樂。

「我們……我們是為了救沙布而來這裡，為了拯救……並不是為了殺害……」

紫苑的身體開始顫抖，然而從他的表情卻看不出任何情緒，沒有興奮，沒有憤怒，沒有哀傷，也沒有悲嘆。

「紫苑，我們來晚了，她已經……」

「那時候沙布還活著！」

混濁的聲音激烈投擲過來，老鼠有種被甩了一巴掌的感覺。

「她活著站在我面前！」

「那是幻覺，你應該也很清楚，那不是她，那只是幻覺。」

「不！不對！不對！沙布活著，她還活著，所以能出現在我面前。老鼠，不論她變成什麼樣子，當時的她還活著是無庸置疑的事。」

「……不論她變成什麼樣子……嗎？」

「沒錯，就算沒有了身體，沙布還是活著的，她活著等待我，我必須要救她，我必須要跟她一起在這裡。不是嗎，老鼠？」

沙布是活著的。

是嗎？真是那樣嗎？

老鼠緊咬牙根。

她活著等待紫苑，只是一心一意地等待著，只為了再見紫苑一面而活著。然後，願望實現了。

沙布，紫苑克服困難與危險來到妳身邊，妳看到了妳最愛的人，然後妳的願望是從紫苑面前消失。是啊，那是妳的願望。

妳不想讓紫苑看到。

所以，我……

「紫苑，我們無法救出她，因為她跟母體一體化了，而她……選擇跟母體共同滅亡。」

「那就是原因嗎？那就是你殺害沙布的原因嗎？」

「那你覺得我應該怎麼做！」老鼠吶喊。

原本早已凍結的血液再度溫熱，變成奔騰的熱流在體內循環。

「你難道不懂嗎？你不懂她的心意嗎？她會呼喊我們是因為想見你，還有、還有……希望你拯救她，不是嗎？那並不代表她希望你將她救出監獄設施，因為她早已覺悟那已經是不可能的事情，所以，至少希望你能拯救她脫離那種悲慘的狀態。她絕對、絕對不想……讓你看到她現在的模樣。不是嗎？這些你應該也明白呀。」

氣息紊亂，紫苑的表情依舊沒有變化，連眉毛都沒動一下，煙霧開始刺痛眼睛。

得要快點逃才行，不能再在這種地方拖拖拉拉了。

雖然心裡這麼想，但是卻無法邁開腳步。一道銳利的目光投射在紫苑眼裡。

「紫苑……我無法像你那樣想。說實話，我們的確是沒趕上，當時沙布早已經死了。」

這是真心話。

「你只是逃避現實，她已經無法切離母體，沙布自己不也說過嗎？失去身軀還被囚禁著，非常痛苦，所以希望我們能解放她。讓她逃離現在的狀態，現在的屈辱，得到自由，是她的願望。」

沒錯，錯的是紫苑，因為他無法接受失去沙布的現實，他想逃避現實。

「你利用了她。」

紫苑發出低沉無比的聲音，老鼠聽不清楚。

「什麼？」

「你為了破壞母體電腦，因此利用了沙布，對吧？」

紫苑的眼眸從右邊緩緩移向左邊。月夜從超纖維布裡探出頭來看，不過馬上又縮回去。

「你的目的從一開始就是破壞監獄設施。不是想救沙布，而是想破壞監獄設施……把這件事當作搗毀NO.6的導火線……這就是你的目的。你一定在等待這個機會，所以對於破壞母體這件事並沒有躊躇，絲毫沒有猶豫。你為了自己的目的利用了她，犧牲了她。」

老鼠凝視著紫苑。

利用？絲毫沒有猶豫？犧牲了她？

紫苑，你真的那麼想嗎？

不是嗎？

傳來疑問的聲音。並不是紫苑的聲音，是老鼠自己的聲音。

你沒有利用她嗎？

你沒有犧牲她嗎？

你沒有將成就自己的願望擺在拯救一個人的前面嗎？

你說啊！你說啊！你說啊！

哇啊！哇啊！

一群穿著深綠色上衣的人嚷嚷著從樓梯往下跑。是囚犯們。他們的嚷嚷聲撞上四邊的牆壁，反彈，不斷迴響著。

哇啊！哇啊！

快逃！快逃！

「站住！站住！還不快點站住！」

治安局局員的制止命令被嚷嚷聲吞噬。忽地，槍聲響起。正打算從老鼠旁邊跑過去的男人翻了個觔斗，跌倒在走廊。他的腦部被子彈貫穿了。

「站住！再不站住我就要開槍了。」

「跑，快逃！」

囚犯們吶喊。

「不要停下來，我們要逃。逃，快逃。」

每一個囚犯的眼睛都充著血，甚至有人嘴角吹著泡沫，每一個人都如同野獸般吶喊著往前奔跑。

成為監獄的囚犯同等死亡一條，無論是否有罪，不管輕重，在被關進來的那一刻起就成為死刑犯。

反正會被殺，那麼就緊抓這個奇蹟，說不定能藉由這次的奇蹟重獲自由。

逃往外面的世界，逃往外面的世界，往有光的地方跑。

槍聲響起，濺起血花。一名白髮囚犯倚著扶手倒地。槍聲，爆炸聲，煙霧，火焰。

「紫苑，危險，這裡太危險了。」

老鼠抓住紫苑的手往前跑。紫苑並沒有抵抗，他踉蹌了幾步，肩膀撞上牆壁，就這麼滑下去，蹲在地上。

「老鼠……對不起。」沒有血色的雙唇間傳出呻吟：

「對不起，我……我……」

紫苑雙手摀住臉，慌亂地喘息著。

「我懂，我知道只能那麼做……你只是完成沙布的心願……我沒有理由或權利責備你，其實……其實應該要由我來做，解放沙布是我的工作，而我卻做不到，我怕……所以我做不到。我又再一次依賴你，把事情全都推給你，弄髒了你的手。我不想承認自己的膽小，所以才責備你、質問你……」

老鼠盯著紫苑淡白色的頭髮。在那樣的地獄走過一圈回來卻絲毫沒有毀損頭髮的光澤，一根根仍舊閃閃發亮。

「我把你捲進來，連借狗人、力河大叔都拉進來……可是結果卻是這樣的話……老鼠，我們辛苦來到這裡並不是為了破壞……應該是為了拯救，可是卻……」

「是為了破壞。」

紫苑抬起頭，臉上有血跡跟污漬。

「你說得沒錯，我的目的只有一個，就是破壞監獄設備，我一開始就沒有救出沙布的打算。」

「老鼠……」

老鼠避開紫苑的視線，他無法繼續直視他。

「我需要你，我知道如果沒有你的記憶力跟判斷能力，我無法在監獄設施內前進，你對我而言是最後且最強的王牌，我一直在思考該如何使用你……今天的情

況就是答案。沙布的事情是我的藉口，我只是……為了達到自己的目的，利用了你跟沙布。」

對，紫苑，你並沒有猜錯，我背叛了你，我一直欺騙你，被捲進來的不是我，是你，我巧妙地設了陷阱。

「我的目的達成了，你看看現在的混亂，監獄設施正在崩毀。紫苑，我……我照著我的想法，順利進行我想做的事，雖然沒想過會如此順利。你比我期待的還要厲害好多倍，非常……對我非常有用。」

紫苑搖搖晃晃地站起來。

「老鼠……你在說什麼？」

「我根本不相信沙布會平安無事，在被關進監獄的那一刻起，我就認為可能性近乎零。紫苑……對我而言，拯救沙布根本無關緊要，在將炸彈裝在母體時，我想到的只有破壞母體，然後盡快逃脫，只有那樣而已。」

超纖維布從脖子滑落，掉在腳邊，可能是在不知不覺中滑下去的吧。

老鼠撿起布，正面凝視紫苑。

「我不會要求你原諒我，因為這並不是道歉就能解決的事情。」

「你在說什麼？我無法理解，一句都無法理解！」

無法理解？是嗎？

你說謊，紫苑，你是理解的，你應該懂我講的每一句話。我想你無法原諒我吧，你會輕視、憎恨我吧，還是你……

吱吱！

月夜發出尖銳的鳴叫，老鼠背後僵直，有透明的箭要射過來，一股這樣的感覺襲來。

是殺氣。

老鼠回頭，有一個男人舉槍站在那裡。並不是治安局局員，是士兵，跟隨羅史的士兵裡的其中一人。

糟了，察覺得太慢了！

「紫苑，趴下！」

老鼠奮力推開紫苑。就在那之後，衝擊襲來，一陣閃光貫穿全身。

好燙。

老鼠想說話。

快逃，紫苑，快點。

他無法發出聲音，有什麼地方，體內有什麼地方在燃燒著。

好燙。

「老鼠！」

他看見紫苑瞪大眼睛的臉，看見紫苑吶喊的嘴巴、伸出來的手，連手指的形狀也看得一清二楚。由於太過鮮明，簡直不像身處現實世界

鮮明的光景漸漸模糊，黑暗襲來。

色彩全部消失。

嗚！

黑狗跌落地板。牠的嘴裡冒出泡泡，四肢痙攣。治安局局員起身，他的手裡握著小型手槍。黑狗立刻一動也不動了。

牠雖然猙獰，但是非常喜歡曬太陽，常常在太陽底下像這樣伸展四肢睡午覺。個性雖然兇猛，但是對借狗人很忠心。

對不起。

借狗人看了牠一眼，在心底表示歉意。

對不起，讓你遭遇到這種事，原諒我。

他看見槍口，同時也看見持槍男人雙頰凹陷的細長臉孔。

借狗人並不懼怕，也沒有停止動作，他知道瞬間的躊躇與猶豫將會要了他的命。

既然已經採取行動，就必須一直繼續下去，大敵當前，他沒有害怕這個選項可以選擇。

他握緊槍枝，胡亂開槍。

可惡，可惡，你們這些混蛋傢伙，自大的殺人狂。你們全都是殘酷又壞心的強盜，把從我們身上奪走的東西全都還來！

你們一直蹂躪西區，毫無節制地殺人。你們這些殺人鬼，真不知廉恥。沒錯，你們太不知廉恥了，可惡！

借狗人在心中盡情謾罵。

他雖然沒有餘力把那些惡言惡語說出口來，但是非常希望心中的憤慨可以變成子彈，粉粹那個醜陋的藍灰色兵器。

天神啊，偶爾恩賜我這樣的奇蹟也不為過吧？祢早就捨棄西區，就像將襁褓中的孩童丟在荒野的母親一樣。

祢的良心都不覺得痛嗎？所以，至少賜予我奇蹟吧，恩賜我能夠讓我延續生命的奇蹟。

腳打滑，失去平衡，一屁股跌坐在地上，子彈就打在腳邊，要是沒跌倒，那顆子彈應該會漂亮地射穿身體吧。

呼，原來運氣還沒用完嗎？

「不准動，你這隻溝鼠！」

治安局局員將槍瞄準借狗人。在同一時間，響起一陣尖銳的重低音。

「我會將你們驅離得一乾二淨，覺悟吧！」

溝鼠？開什麼玩笑，別拿我跟老鼠那種低等生物比較！

借狗人想扣扳機卻發現沒子彈了。他往挖土機那邊瞄了一眼。

大叔在幹什麼！

衝擊音波砲的那個看起來很可笑的喇叭型發射口傳出重低音，似乎已經準備好了。

什麼？不會吧？難道真的就此結束嗎？

冰冷的風吹拂而來。

在這裡結束？死在這裡？

怎麼可以！開什麼玩笑！

老鼠，這跟我們的約定不一樣耶，這樣舞台不就在主角出場前就被破壞得亂七八糟了嗎？

該怎麼辦？你快想辦法，快點給我想辦法呀，老鼠！

忽地，照明滅了，警鈴大響。

「怎麼了？發生什麼事了？」

「不知道，內部似乎出事了。」

「喂！剛才那個聽起來像爆炸聲吧？」

「什麼？啊，真的有點像。」

治安局局員的動搖強烈傳達過來。

「看不見！什麼也看不見！」幾近悲鳴的尖叫聲在黑暗中迴盪著。

跟剛才的臭味一樣，這些傢伙實在太弱了。

借狗人暗自竊喜。

只要清潔且舒適的環境出現些微的異常變化，NO.6的人就會變得讓人驚訝地、很想嘲笑地脆弱。如果是士兵，也許還會有點抗性，可是治安局局員全然暴露出他們的脆弱，驚恐著。

這麼慌張是怎麼了？可以毫不在乎地組裝殺人兵器卻害怕黑暗？別開玩笑了。

借狗人以跌坐在地上的姿勢，在內心謾罵。

他壓抑想要採取行動的自己。

「還沒，不要急躁。」

警鈴愈來愈大聲，已經到了震耳欲聾的音量。

發生緊急狀況，發生緊急狀況。

危險度5，危險度5。

緊急避難，緊急避難。

所有人員迅速避難。

危險度5，危險度5。

「危險度5！怎麼回事？到底發生什麼事了？」

「不知道，總之先避難，先從這裡逃出去，要不然太危險了。」

「喂，還不行。又聽到了，到處都發生爆炸，快逃！」

「你、你說要逃，可是一片漆黑……為什麼不點備用燈？」

「這裡是垃圾處理場，怎麼可能有那種東西。」

就是現在！

借狗人像全身裝上彈簧一樣彈跳起來。我可是很習慣黑暗，就讓我來告訴你們，我跟你們不同。

「混蛋東西！」借狗人一邊吶喊，一邊揮動手槍。

感覺很好。狗兒們低吼著撲上去。借狗人將連接在砲上面的管線全都扯下來。

混蛋東西！混蛋東西！居然製造出這種東西來，製造出只能殺人沒有其他用途的可笑怪物。

危險度5，危險度5。

緊急避難，緊急避難。

「外面，快逃到外面去，待在這裡太危險了。」

「沒錯，快逃，總之趕緊先避難吧。」

治安局局員們從通往外面的門飛奔出去。

借狗人喘息著，呆站在原地。他全身都冒著汗，可是卻顫抖著，無法停下來，牙齒發出咯咯的打顫聲，心跳劇烈，無法順利呼吸。

借狗人彷彿從膝蓋癱軟下去似的蹲下。狗兒們圍了上來，斑點狗將鼻頭湊過來，借狗人抱著牠的脖子，將臉埋在牠柔順的狗毛裡。

傳來狗的味道，那是從他懂事以來就一直聞著的味道，是他母親、兄弟、同伴們的味道，比任何花朵都還要芬芳的味道。

淚水潰堤，不斷湧現。

得救了，我們得救了。

狗伸出舌頭舔乾借狗人臉頰的淚水。

好溫暖，啊啊，真的好溫暖。我還活著。

「都是因為有你們在，謝謝，真的很謝謝。」

「借狗人……」

力河從垃圾收集場的門爬進來。

「看來那些傢伙已經逃走了。」

「大叔。」借狗人故意吐出長長的嘆息。

「你現在才出來做什麼？你剛才做了什麼？去買晚餐了嗎？」

借狗人避開力河的視線，悄悄擦乾眼淚。力河聳聳肩，在黑暗中帶著微笑說：

「我不是說了，我是博愛主義者，而且我的家世好，教養也很好，是最不適合殺人的那一類型，我再怎麼失意也無法像你那樣瘋狂的發脾氣。」

「你就一直失意吧，一輩子不要東山再起，就算再給你機會，你也只是一個沒有用的醉鬼，只會跌腳絆手而已。」

「別那麼生氣嘛！不過你的戰鬥力很強耶，我對你改觀了，我要是女人，一定對你一見鍾情。天啊，厲害，真的太厲害了。」

聽著力河的拍手聲，借狗人皺著鼻尖說：

「被大叔愛上？太恐怖了。噁，真的起雞皮疙瘩了。我才剛從鬼門關逃回來耶，拜託你別講那種對心臟不好的話，我可不想在這裡一命嗚呼。」

力河完全不在意借狗人的惡言惡語，他正將手放在耳朵旁，努力聆聽聲音。警鈴跟響起的時候一樣，驀地就停止了。

借狗人也全神貫注地聽。

彷彿遙遠的海濤聲，就像遠方的打雷聲，他們似乎聽到了什麼聲音。

是什麼？那是什麼聲音？

「監獄設施內部傳出爆炸聲。」

力河以特別緩慢的口吻這麼說。

「而且不只那樣哦……是不是還夾雜著悲鳴與尖叫聲？對，夾雜著。嗯，我的確有聽到。」

分隔監獄設施與垃圾處理場的門還開著，所以能聽得到內部的聲音，平時應該是完全隔離的兩個空間，現在連接在一起了。

「我說借狗人，這個是徵兆嗎？開始了嗎？」

力河的尾音顫抖著。

借狗人的眼力沒好到連顏色都看得出來，但是他知道力河現在興奮得臉都紅了。借狗人心想沒必要用眼睛確認，因為他的臉也一樣帶著濃濃的血色。

他們興奮，情緒高亢。

開始了，終於開始了，果然開始了。

老鼠、紫苑，是你們幹的好事吧？雖然我現在猜不出來你們做了什麼，總之你們是下手了，讓監獄設施裡的警鈴響起，還說危險程度5，那該不會是最大的危險值吧？如果是的話……

呵呵，有趣，太有趣了。

從遠方傳來的那個聲音是禮砲嗎？

借狗人下意識不停舔著雙唇。

老鼠，你這個詐欺師大騙子不光只會動嘴巴而已，還說得到做得到。

「監獄設施會崩毀嗎？」力河顫抖著聲音說。

忽地，燈光閃爍，隨即不亮了，小房間再度陷入漆黑。

門關上了，才剛這麼想，門馬上又開了。

當門又要再度闔上時，卻在三分之二的地方倏地一動也不動了。

「幹嘛，練習跳舞嗎？」

力河講了個一點都不好笑的笑話，借狗人根本笑不出來。

「大叔，你可以陪它跳一曲啊。」

借狗人又舔了舔嘴唇。

這不是跳舞，是死前的痙攣，是臨終前的掙扎。就跟那隻黑狗一樣，死前的痛苦也讓監獄設施翻滾著。

「該不會發生整棟建築物都倒塌這種事吧？」

興奮之意從力河的聲音裡消失，取而代之的是不安。

「倒了不是正好嗎？值得恭喜的事情。若是這裡變成一堆瓦礫，我會率先在這裡種植紀念樹。」

我會為了月藥、我的黑狗，以及在這裡被殺的許許多多的人，在這裡種一棵有一天會長成大樹，開滿純白花朵的樹木。

「大叔你不久前還不是很高興地說要人家盡情破壞嗎？」

「那只是門面話而已啦，我是不在乎監獄設施崩毀，但是要是變成一堆瓦礫，那可就不太妙了。」

「為什麼？」

「借狗人，你仔細想想，要是建築物倒塌了，連地底下的金塊也會被埋住，到時候要挖可就費工夫了。」

借狗人目不轉睛地凝視著力河，看著力河一臉認真的表情說：

「大叔……你真的相信？」

「什麼意思？」

「我是說金塊之說，你真的相信有那種東西嗎？」

力河轉動黑眼珠，喉結上下滾動。

「借狗人，事到如今你在說什麼笑話？當然是有啊，我的情報來源很正確，不需要懷疑。」

「哦，如果是就好，你的情報來源是那個叫作安還是雲的妓女吧？」

「是絲露，一個紅髮美女。她從NO.6的高官口中聽說的，在床上。不會錯，不可能是假情報。」

「是嗎？」

「就是。你還小，而且一天到晚跟狗在一起，所以對那方面的事情完全不了解，男人啊，在那個之後很少會對女人說謊。對方是自己老婆就很難說，但是不會對歡場女子說謊，因為沒有必要。」

「所以才會不小心脫口說出平時絕對不會說的機密。」

「就是那麼一回事，你也懂嘛。」

「那個叫作絲露的女人能相信嗎？」

「當然能。我確認了好幾次，問她是不是真的，絲露說她真的聽到了。那個丫頭講得那麼斬釘截鐵，可以相信。」

「大叔，你跟那個女人有一腿嗎？」

「這不是小孩子該問的事情，在教育上非常不當的問題，身為有良知的大人，我拒絕回答，無可奉告。」

「從你嘴巴裡說出來的話，永遠是不適當的發言啦。真是的，你的良知早就被酒精分解了吧，像你這種非常不適當的大人絕對不要靠近我的小娃兒。」

「別扯遠了。我跟絲露有沒有關係跟這次的事情有什麼關聯？」

「講白一點，就是大叔跟老鼠相比，怎麼看也是老鼠比較受女人歡迎的意思。嗯，一百個人裡面有九十九個人……不，我看是一百個人都想跟老鼠睡，不想跟大叔你睡。這是理所當然的事情，我不認為絲露會是例外。」

力河誇張地蹙著眉頭說：

「借狗人……你想說什麼？講話別像咬著顆滷蛋一樣含糊不清，拜託一下，可以講得簡單一點嗎？」

「簡單一點啊。嗯，其實也沒什麼啦，只是我在想，假設我是絲露，我喜歡看戲劇，迷上伊夫這個名字乍看很漂亮的演員。要是那個演員輕聲細語在我耳邊呢喃，我看我一定在不知不覺就答應對也許以前是自己的愛人，但是現在卻只是一個有啤酒肚的中年大叔放假情報。」

力河吞了口口水，彷彿身處於大太陽底下的狗一樣張口喘息。

「怎麼、怎麼可能！伊夫為什麼要讓絲露做那種事？沒、沒有理由啊！」

「為了使喚你啊，不，也許連我都被設計進去了。告訴我們眼前有金塊山，拉我們加入，這是最有效且最簡單的方法啊，很像那小子會做的事情，不是嗎？想這種壞點子，那小子是天下第一，腦筋好得嚇人的傢伙，我是真的很佩服他。」

力河啞口無言，好一陣子愣在原地。

「借狗人，你……什麼時候察覺這一點？」

「什麼時候？嗯，是什麼時候呢？我聽說你的情報來源是一名漂亮的小姐時，腦海裡的確閃過老鼠的臉。呵呵，我比大叔更深知老鼠的真面目，就是這麼一回事吧。雖然這並沒有什麼值得驕傲。」

「你明知道還來這裡？為什麼要冒生命危險做這種事？」

「因為有金塊啊。」

「什麼？」

「其實我也不懂，不知道我為什麼不乖乖待在自己的巢穴。我真的不清楚，只是……我認為絕對不會壞的東西壞了，認為不會改變的東西改變了，那不是可以跟金塊山比擬的好事嗎？而且讓奇蹟出現的不是神，而是人，是一個天生少根筋的少爺跟一個舉世無雙的詐欺師，這實在讓人毛骨悚然，我雞皮疙瘩都起來了呢。所以……我才決定自己行動，我不等待誰來替我改變，我要自己去改變，我只是想讓自己也在改變世界這件事上插一腳，如此而已。老鼠跟紫苑將機會丟在我眼前，就算我一直不肯面對，假裝沒看到，但是他們就是已經把誘餌丟在我眼前了，比金塊還吸引我的餌。」

「知道會中計，還主動上鉤嗎？」

「就是那麼一回事……吧。」

「原來如此……你也跟他們同夥，一起騙了我。哎呀，本大人已經落魄到這種地步，被你們這些小鬼操弄，真的已經老了，人生引退的時期也快到了……你們給我當頭棒喝啊。」

「喂喂，沒必要那麼悲觀啦，這些不過只是我的猜測，雖然我想應該八九不離十，但是也有可能絲露真的愛上你，上供特等情報給你，這種可能性也不是沒有。」

「真的愛上我……不可能。」

力河用力嘆息，垂頭喪氣。

如同他所說的，他彷彿瞬間老了。

「那麼，你今後打算怎麼辦？」

力河抬頭望向借狗人，再度嘆息。

「我？我要等。」

「等伊夫跟紫苑嗎？」

「沒錯，老鼠叫我在這裡等，我也只能等啊。」

「就像忠狗等主人一樣嗎？」

「像狡猾的狐狸埋伏抓野老鼠一樣。」

「他們會從哪裡回來？從那道半開的門嗎？」

「不知道，我沒辦法讀解到那裡，我想連老鼠他自己也不清楚吧，這是個非生即死的賭注，沒那麼容易能夠看穿，不過這樣的結局比較有趣，不是嗎？那你呢？你打算怎麼辦？」

力河再度嘆出不知道是第幾次的息。

不知道他是不是故意的，他駝著背，擺出像老人家的姿勢說：

「等啊，像忠狗一樣。」

「就算金塊的事情是假的也等？」

借狗人有些驚訝，他一直以為當力河知道沒有金塊時，會二話不說逃離這間小房間，他幾乎確信他會那麼做。

待在這裡無法預測接下來會發生什麼事，也完全猜不到什麼時候會有怎樣的危險降臨。

二話不說逃離，回到自己最安全的地方。

稍微有點聰明的人都會那麼做吧。力河並不笨，雖然常常利欲薰心，但是也有為了生存的智慧，要不然他不可能有辦法在西區還能存到一些小錢。

只做對自己有利的事情，做事的準則不講情面或義理，只看能不能賺錢。這是力河的人生哲學。這點借狗人也有同感，所以才會覺得意外。

「大叔，你為了什麼等？」

他老實發問，因為他想知道答案。

「因為我動不了啊。」

「動不了？我看不出來你哪裡受傷了？」

「喘不過氣來，心跳加速，腰也快斷了，我只能在這裡稍作休息，而且也無法證明你說的話百分之百正確，說不定絲露的情報並不是假的，是確有其事。」

「我們的腳下有金塊鎮守著嗎？」

「沒錯，我是那麼相信，所以來到這裡。現在都還沒弄清楚，我怎麼甘心就這麼離開？逼不得已我會把監獄設施裡面值錢的東西全搬出來，到時候我會要你跟伊夫幫忙，你們這樣利用我，我可不准你們說不喔。」

借狗人聳聳肩，側開臉。他不認為他說的是實話，他到底為了什麼等待？為了什麼留下來？也許連他自己也無法回答，至少不是因為心跳加速、喘不過氣來，或是只不過是幻影的金塊。

什麼嘛，原來大叔還不是相信他們會回來。

借狗人想笑，但是嘴角卻緊繃著。

監獄設施內部已經開始出現異常變化，就快了。

他們就快回來了。

借狗人在黑暗中悄悄握緊拳頭。

「真好喝。」戀香滿足地嘆了口氣說。

「我從來不知道熱茶這麼好喝。」

「要不要再加一些糖？疲憊的時候，甜甜的茶是最美味的了。」

火藍將糖罐放在戀香面前，那是開這家店時買來當紀念的糖罐，雖然只是一個廉價的小罐子，但是火藍很喜歡。

戀香壓壓眼角說：

「火藍……謝謝妳，有妳在身邊，真的……太好了，謝謝。」

「戀香，別哭。」

火藍略顯嚴肅地說，將手放在戀香的膝蓋上。

「妳有莉莉，所以妳不能哭，要堅強。」

莉莉不安地抬頭望著母親，緊緊握住手中的杯子。

火藍雖然斥責因為不安的折磨而十分疲憊的戀香要堅強，但是她也非常了解那有多苛刻。

「要堅強」、「振作一點」、「加油」，別人鼓勵的話有時候比罵聲更傷心。

我已經盡力了，還要我多堅強？

火藍自己也好幾次想尖叫，無心的激勵與斥責的話實則殘酷、愚蠢又粗暴。

這些她都很清楚，可是她必須要講。

「戀香，妳還有莉莉跟肚子裡的孩子，妳是一個母親，所以妳一定要堅強。想哭什麼時候都能哭，可是現在不是放任感情哭泣的時候，對嗎？妳要振作起來才行。」

戀香眨眨眼，吞下一口口水，接著挺起背脊說：

「好的，我懂了，前輩。」

「懂了就好，以後要注意。」

「是。」

莉莉的視線在母親跟火藍之間游離。

「阿姨是媽媽的前輩嗎？」

戀香輕擁著女兒的肩膀說：

「是啊，是人生的前輩，今後還要請教阿姨很多事情。」

「阿姨年紀那麼大了嗎？」

火藍跟戀香互看，幾乎同時笑出來。

「好過分喔，莉莉，我沒那麼老，我跟妳媽媽……哎呀，可是也差了八歲耶，我真的老了。」

「哎唷，火藍。」

戀香笑了出來，她一邊笑、一邊用指尖輕輕拭淚。

「火藍，不過我真的很感謝妳，如果只有我一個人，我還不知道我會怎樣……也許會非常不安地哭喊著。」

「妳不是那麼懦弱的人，就算我不說，妳還是會找回身為母親的堅強。而且……戀香，也許妳認為我說這話只是在安慰妳，不過我想再等等月藥吧，我覺得現在絕望還太早。」

也許真的只是安慰的話，只是自欺欺人，但是，有時候也需要安慰與自欺欺人，如同加入紅茶裡的一湯匙砂糖一樣。

戀香放下杯子，緩緩點頭。

「嗯，是啊……沒錯，現在絕望還太早……真的沒錯，我會再等下去，也許明天他就回來了。」

「是啊。」

火藍很想嘆氣。

只要一天沒確認月藥的安危，戀香就必須一直等待丈夫歸來，莉莉也必須等待父親回家。

絕望還太早，但是沒有希望的期待讓人心痛。

戀香握住火藍的手，她的手溫暖又柔嫩。

「火藍，我不會輸，就算萬一他、萬一月藥沒回來……我會跟莉莉兩個人，不，還有這個孩子，我們三個人會好好活下去，我會生下月藥的孩子，生下那個人的孩子，然後好好將他扶養長大。」

戀香的眼神裡帶著韌性，剛才的淚痕已經消失無蹤。

「我的身邊有妳這樣支持我的人在，所以我沒事，我一定能做得到，因為我是一位母親。」

「戀香。」火藍伸手環住戀香細緻的脖子。「妳是最棒的母親，真的很棒。」

看吧，命運啊，我們如此堅強，絕對不會被吞噬，我們會堅守崗位，努力活下去。命運啊，NO.6啊，我們絕對不會如你們所願的被蹂躪。

「火藍，其實我還擔心一個人。」戀香的口吻變得沉重。

「是楊眠吧？」

「對，我哥哥……他打算做什麼呢？我覺得有些不安……他來過這裡嗎？」

「有，來過了。」

「他看起來如何？」

「嗯……看起來有些興奮。」

突然傳來尖叫聲。

是外面，從店門口傳來。接著是有人跌倒的聲音。火藍起身，衝向門口。她從百葉窗往外窺視，發現在街燈的燈光下有幾名男子趺坐在地，還有一名微胖的女人抱著一名男人。

火藍見過他們。女人叫作紅科，是酒吧的女老闆，她抱著的男人好像是她的二兒子。

那個年輕人長得跟母親很像，個性開朗，幫忙紅科從事酒吧的工作，有時也會來光顧火藍的店，前不久還邊笑著說「我老媽喜歡吃」，邊將架上的奶油麵包全買走。

火藍不知道他的本名，不過曾聽過他的朋友叫他「好相處的亞伯」。

亞伯的臉有一半染血，雙眼緊閉，靠在母親的懷裡。

他一動也不動，似乎連呼吸也停止了。

火藍衝向馬路。

「紅科，這是怎麼回事？」

「啊啊火藍，我兒子、我兒子被打中了。」

「被打中了……被誰？」

有一名男子揮動拳頭說：「是軍隊，軍隊舉槍掃射我們。」

火藍覺得有股被雷打中的衝擊襲來，她甚至覺得自己發出聲音倒臥在馬路上，可是事實上她緊握雙手，雙腳用力站穩著腳步。

我就知道，我就知道，我就知道。

「軍隊、軍隊？怎麼會！那種東西不可能存在啊！」紅科哭喊著說。

「不可能存在的東西真的存在啊，那些人穿的不是治安局的衣服，他們全副武裝，然後、然後、然後他們……對著我們開槍……」

「等等，說詳細一點，你們去了市府大樓了吧？」

「對，因為網路上有人號召，我們是呼應號召才行動的。」

「號召？」

「是關於這次恐怖、莫名其妙的疾病的事情。市民已經接二連三離奇暴斃，市府當局卻什麼也沒做，不是嗎？而且，市長他們那些位居高層的人自己接種疫苗，棄我們於不顧，我們怎麼能允許這種事情發生，因此我們才聚集在『月亮的露珠』。人非常多，好像市內各處都有人響應，甚至還有『克洛諾斯』的居民。我們團結起來，前往『月亮的露珠』，打算進到裡面去見市長。網路上有人這麼號召。我們要用自己的力量守護自己的生命，取得疫苗。不，不光是這樣。」

男人吞下口水，再度握緊拳頭揮動。

「我們過去一直受到虐待，對不對？我們居住在連『克洛諾斯』的居民的一半，不，連十分之一都比不上的環境裡，明明我們同樣都是市民啊。我們……原本無計可施，只好放棄，心想除了忍耐也別無他法。可是，我們受不了了，出現了那麼恐怖的流行疾病，他們卻什麼也不做就要放棄我們，這太過分了。」

另一名男人站起來，他纏在額頭的布滲出血絲。

「沒錯，一點都沒錯，他們把我們當作什麼！」

「告訴我實際情況。然後呢？你們聚集在市府大樓，人數眾多，結果突然出現軍隊，是這麼一回事嗎？」

「是啊，沒錯，實在太驚人了，居然連裝甲車都出動了。暗沉的金色，形狀很奇怪的車子，我想應該是裝甲車吧，雖然我是生平第一次看見……應該沒錯。裝甲車前面是一整排的武裝士兵……他們擋在前面，還說：『警告，請立刻散會』，然後重複了好幾次，一直說：『警告，請立刻散會』。」

男人的眼中閃過恐懼。

「我們當然沒有散會，雖然有人逃走了，但是也有許多人高喊著前進。我們……沒想到真的會遭到攻擊。我們是市民，而且不光是下城跟其他地區的人，我剛才也說過，裡面也有『克洛諾斯』的居民耶，那些不是菁英跟他們的家人嗎？市府當局居然會對市民使用武力……我們根本連想都沒想過。」

「可是市當局卻做了。」

毫無猶豫就對市民開槍。

制裁不順從者。

處罰不服從者。

NO.6露出本性，脫掉過去巧妙掩飾的假面具。

逆我者死。

抗我者刑。

「亞伯就站在我身旁，他被擊中頭部……連聲音都來不及發出就倒下……所有人都陷入恐慌，爭先恐後逃走。啊啊，真的是很恐怖。我們輪流背著亞伯……忘情地逃出來，等到回過神來時，已經蹲在這裡了。」

紅科仰天大叫：

「啊——我兒子漸漸失溫了。為什麼？為什麼？為什麼會變成這樣啊！我的兒子啊！」

一名母親的悲鳴無聲地被吸入夜空。

「各位，市民又開始往『月亮的露珠』前聚集了。」

一名正凝視著手提電腦的男子發出近乎吶喊的聲音說。

除了紅科之外，所有人都望向那名男子。

「聽說這次有剛才的雙倍，不，是三倍以上的人，大家都為了疫苗集結起來了。有這麼多人，不管是治安局還是軍隊都無法出手，他們總不能把市民全殺光吧？電腦上呼籲大家為了這次能夠跟市長對話，趕緊前往『月亮的露珠』。」

「大家都聚集在一起……真的嗎？」

「是啊，沒錯，市民再一次聚集，這次一定要竭盡全力逼市長出現在我們面前，這是最初也是最後的機會，只有現在了，只有現在。」

男人的聲音略顯興奮，眼睛流連在電腦螢幕上。

「沒錯，只有現在。」

「我們再去一次，不能讓亞伯白白犧牲，要是就這麼作罷，那麼亞伯究竟為何而死！」

「不只有亞伯，我的堂兄弟、母親也死了，因為那個疾病而死，怎麼能讓死者的不甘心就這麼作罷！」

「我妹妹也死了，她走得很快，我不知道有多恨！要是有疫苗，要是市府早點採取措施，我妹妹就不用死了。」

「好，我們走吧。」

「好！」

男人們齊聲起立，互看對方後便衝出去，只剩下女人跟死者。

「我兒子死了，他留下我，獨自去旅行了。」

紅科不斷悲嘆。她的聲音沿著馬路傳過來，從火藍的腳底攀爬上來。

我就知道，我就知道，我就知道……會有人犧牲，接下來會有更多人因此死亡。

「火藍……」

背後傳來戀香顫抖的聲音。

「發生什麼事了？網路的號召……說不定是我哥哥他們做的……」

火藍回頭，抓住戀香的肩膀問：

「戀香，如何才能聯絡到楊眠？有沒有什麼辦法？」

戀香立刻搖頭回答：

「沒辦法，手機跟電子郵件都找不到人，哥哥好像故意不跟我聯絡。」

「是嗎……？」

「媽媽，阿姨。」莉莉舉起手直指著馬路的前端。

人影不斷從小巷裡湧現，形成黑壓壓一片。

「往市府大樓，往『月亮的露珠』。」

「我們要疫苗。」

「我們不要就這樣被見死不救。」

「沒錯，把我們當作什麼！」

「大家，快來，我們要團結。」

吶喊聲、腳步聲，糾結在一起變成咆哮聲。

這樣的能量潛藏在這個都市的哪裡呢？

真是的，這個都市的市民為何每個人都如此順從且單純。

楊眠曾說過。他帶著焦躁與輕視狠狠地說，這個城市的市民甚至連懷疑高層公告的能量都沒有，他們善於什麼都不想，選擇走輕鬆的路。

可是，現在四處充斥著人們的激情，已經高漲到快要爆炸。人們隱藏著如此龐大的能量。

他們應該對NO.6沒有一絲的不平、不滿與不安。然而，這些情緒的深處卻盤旋著如此深沉的能量，原本潛藏於無比深處的東西就快要爆發，如同奇蹟一樣。

也許這個世界真的會改變，也許會改變……

可是不對，還是不對，不對，用血跟悲嘆包圍的奇蹟是不對的。

楊眠預言NO.6的瓦解，吶喊著神聖都市的崩毀。但是，關於創造他一句也沒談及。

NO.6毀滅之後，要讓怎樣的世界出現在這裡，要創造怎樣的世界，他完全沒有具體說明，一句也沒有……

火藍捂著心跳劇烈的胸膛。

紅科的悲嘆聲在騷動中化為粉碎，沒人聽到。

「戀香，回店裡去，把門窗關好，跟莉莉待在裡面的房間不要出來。」

「阿姨妳呢？」

火藍蹲在莉莉的面前說：「我要送紅科回家，一下子就回來，在我回來之前媽媽就拜託妳囉。」

「嗯。」

火藍親吻莉莉的臉頰，然後閉上眼睛。眼裡浮現紫苑的笑容。

她深呼吸，將夜晚的氣息吸入胸膛的深處，隨即張開眼睛。

4 夜風中

從千年前起，悲傷的奧菲莉亞
化成白色幻影，渡過黑色長河。
從千年前起，她那溫柔的癡傻
在晚風吹拂中，訴說她的戀曲。
（《韓波詩文選》／韓波Arthur Rimbaud）

老鼠以非常緩慢且寧靜的動作癱倒下去，彷彿慢動作的影片一樣。

黑白畫面的老舊影片……

紫苑的胸口傳來沉重的衝擊，老鼠的身體倒向他，他在同時承受住重量與熱度。那一瞬間，黑白畫面跳回活生生的現實色彩。

老鼠在紫苑的懷裡傾倒，全身的重量壓向紫苑。

一股血腥味襲向紫苑。

老鼠……

紫苑發不出聲音，他無法理解發生了什麼事，完全無法理解。

什麼事？怎麼了？

一名士兵拿著槍對準他們。是來福槍，裝在槍上的刺刀前端閃著白光。可以看到士兵的舌頭探出嘴角。

又有一群囚犯從樓梯衝下來，形成阻擋在士兵與紫苑之間的狀況。

其中一名高頭大馬的禿頭男發出簡短叫聲，壓住胸口，步伐蹣跚。

「可惡……你居然開槍。」

禿頭男朝著士兵前進兩、三步，突然大叫：

「可惡！」

禿頭男撲向士兵。同一時間發生爆炸，樓梯附近的管理系統室冒出濃煙與火焰。因為爆炸氣浪，士兵被吹飛撞上牆。

白色濃煙瞬間瀰漫走廊，彷彿白色大蛇般從樓梯往上竄，盤旋在走廊上。

紫苑抱著老鼠走向走廊深處。從濃煙竄行的方向來看，也許該往樓下逃才是上策，可是走廊那一頭有衛生管理部門。

衛生管理部門。從設計圖來推敲，那裡應該附設有簡易的診療室。他們從大大敞開的門走進裡面，然後關上門，暫時防止濃煙跟火焰入侵。

差點摔跤。老鼠的身體快要滑落，紫苑想抱住他，卻因此絆到而跌倒。他急忙用手撐住，然後發現他的手在地上印出紅色的手印。

他的手掌因血而染紅了，是老鼠的血。

「老鼠！」

紫苑大叫，以幾乎要衝破喉嚨的氣勢說：

「老鼠，你聽得到我說話嗎？老鼠！」

老鼠依舊緊閉雙眼，沒有任何反應。

血跡從肩膀擴散到胸口，流過手臂從指尖滴落。

「啊……怎麼、怎麼會……」

不能慌張，必須要冷靜，必須要沉著完成該做的事情。

我知道，我真的知道，啊啊，可是我動不了，我的腦袋跟身體都凍結了，不聽使喚。

「老鼠，老鼠，我求求你，睜開眼睛吧。」

緊咬牙根。

笨蛋。

聽到謾罵聲。

你實在是一個無可救藥的笨蛋，一無是處的傢伙，只會空口說白話，愚蠢又膽小。

借狗人？是借狗人嗎？

你連自己最重要的人都保護不了嗎？連試著去拯救都不做，就只會哭嗎？如果是那樣，你又為了什麼待在老鼠身旁直到今天？你到現在還是住在NO.6的那個長不大的菁英分子嗎？

紫苑無法分辨那是借狗人的聲音，還是他自己本身的聲音。有人激動地斥責他。

紫苑，可以嗎？你可以失去老鼠嗎？你能忍受失去他嗎？

紫苑深深深呼吸，連血腥味都吸進胸膛深處。

他將耳朵靠近老鼠的嘴邊，確認呼吸，再將手指放在老鼠的手腕上測量脈搏，他的指尖感受到脈搏的跳動，卻只是隨時都有可能消失的微弱觸感。

紫苑站起來，環顧室內。設置在中央的儀表板冒出微弱的火焰與煙霧，儀表板後面的牆壁有一個帶玻璃門的櫃子，玻璃門已經震碎，塑膠瓶東倒西歪，有些蓋子已經掉落或是瓶子本身破損，裡面的藥物倒了出來。

紫苑靠近，並沒有聞到奇怪的臭味。每一罐瓶子都貼有標籤，上面有手寫的藥品名稱。要是在平常的狀況下看到圓滾滾的文字，紫苑也許會微笑，在監獄設施這個如此不人道的地方居然有人不是用打字，而是在標籤上用手寫藥品名稱，也許光想到這點就會讓他笑出來……

然而，他現在完全沒有那個餘力。

紫苑從頭確認每一瓶的標籤。他壓抑緊張的心情，如同咒文般地不斷重複「冷靜」這兩個字。

消毒水、止血劑、止痛藥、純淨水、萬用針筒、止血鉗子、紗布、醫用脫脂紗布……櫃子的角落橫躺著一支緊急用手電筒。

果然，這裡有簡易治療用的器材與藥品。

有這些東西就做緊急處理嗎？如果是輕傷還可以，問題是失去意識又大量出血的傷，他有辦法治療嗎？

紫苑的醫學知識大多是在書桌上學來的，幾乎沒有實踐過，更別說在這種情況下究竟怎樣才是確切的緊急處理？他又做得來嗎？紫苑有種被剛才看到的刺刀刺穿喉嚨的感覺。

你可以嗎？

我要做，現在沒有時間躊躇，不是可以慢慢猶豫的時候，我怎麼能讓老鼠如此簡單、草率地被奪走！我絕對不放手！

「老鼠，你聽得到我的聲音吧？一定聽得到吧？」

不可能聽不到，不可能沒聽到，不管在什麼時候、在怎樣的情況下，你總是能領會我說的話。分辨、捕捉、然後回答我。

你總是回到我身邊。這次我要把你拉回來，用盡全力把你搶回來。

「老鼠。」

紫苑撕開老鼠的衣服。子彈從左肩下貫穿上臂部，要是打偏一點，可能會擊中心臟當場死亡吧。

活下去！不要放棄！老天爺保留了這樣的可能性給我，我不會浪費它。

總之先止血，現在要做的事情就是盡全力止住這個血，之後再將老鼠搬運出去，到一個能讓他接受該有的治療的地方，分秒必爭地盡快。

現在能做的就是這樣了。

紫苑用手電筒的燈光照著傷口，在傷口上滴上消毒水，讓消毒水從傷口內部流向外部，然後用目視檢查傷口內部。動脈並沒有完全被切斷，他在鎖骨上施壓，暫時控制出血。他的手指顫抖著。

冷靜，冷靜，冷靜，一定要冷靜，收起所有情緒，將精神集中在這個貫穿性槍傷上。

他用止血鉗子夾住動脈，放上紗布，再從上面用醫用脫脂紗布壓住，最後用繃帶牢牢捆住。

這是現在我能做的急救措施了。

汗水滲出，形成汗珠滑落，滴入口中，在舌尖留下苦澀味。

這樣能維持多久？

三小時，不，以剛才的出血量來看，兩小時吧。兩小時之內老鼠要是不能接受適當的治療就會回天乏術。

限時一百二十分鐘。

「唔……」

老鼠低聲呻吟，眼皮微微張開。

「老鼠！你聽得到我的聲音嗎？老鼠！」

「紫……苑……」

「再一下，再忍耐一下，我現在就送你去醫院。加油，你要保持清醒。」

紫苑將所有的力量投注在話裡。

「……紫……苑，我……我的身體……動不了。」

「沒關係，我扶你。」

有我在，我在這裡，所以不用怕。

紫苑將老鼠的手臂環在他的肩膀上，將人扶起來，然後將手放在老鼠的腰上固定後，便邁開腳步走向走廊。

濃煙熏眼，他不禁猛咳。

一股疼痛襲上喉嚨，阻塞他的氣管。

他幾乎沒有逃生的知識，但是他從老鼠身上學到了許多要活下去的覺悟與態度。

他擺低姿勢，拉著老鼠往前走。樓梯已經被濃煙與熱氣占據，要在這樣的情況下往下逃太危險了，可是他沒有時間物色其他避難路線，再這麼拖拖拉拉下去他們就會因為濃煙而窒息。

怎麼辦？該怎麼辦才好？

冷靜似乎快被焦躁與吸入體內的濃煙奪走。

別急，絕對不能急，一定還有路可走。

「紫苑……」

老鼠動了動。

「……走垃圾滑槽……脫逃……」

老鼠的聲音斷斷續續傳來，他能感受到老鼠拚命想保持清醒的努力，萬一失去意識，要再清醒就很困難，老鼠深知這個道理。

垃圾滑槽，是啊，可以走這條路。

從一樓到三樓的低樓層各層在走廊中央都設置有垃圾滑槽，似乎不只一般垃圾，連廢棄的小型機械類都能從那裡丟棄，管道相當粗。

在得知這點時，腦中的確閃過從垃圾滑槽入侵內部的方法，可是他馬上就放棄這個想法，因為要攀爬沒有扶手又幾乎垂直的管道根本不可能，再加上一旦有異物出現在投入口的同時，感應器就會啟動，發出警報。

入侵是不可能的，但是也許能當作脫逃途徑來走。

紫苑曾跟老鼠聊過，那是在……「真人狩獵」的前兩天。

「真人狩獵」當天是一個吹著寒風的冬日，但是那天卻罕見地沒有往常那麼寒冷，西區的上空沒有雪雲，而是一片蔚藍晴空，不像是冬天的溫暖陽光灑落一地，人們緩緩步行於市場內，彷彿在享受短暫穩定的天候。

當然，乞討的老人跟飢餓的孩子們還是如往常一樣到處可見，但是卻讓人覺得連他們都多了一分從容。

平常總是刻薄、毫不留情地驅趕他們的店老闆們，也因為陽光而瞇起眼睛，表情緩和了下來，雖然仍不會施捨他們，不過只要他們不把腦筋動到店裡面的東西，老闆們也睜一隻眼閉一隻眼，甚至還有人跟常見到的乞討者談笑風生。

那裡面有多少人預測到兩天後會出現的地獄景象呢？又有多少人從「真人狩獵」的地獄裡逃脫呢？

老鼠跟紫苑將在市場買來的硬麵包泡在清湯裡吃。大概是老鼠的笑容起了作用，麵包店的女老闆豪氣地送了他們起司，而且還是沒有發霉的上等起司。

堆滿書的地下室裡除了他們的聲音之外寂靜無聲，日落時分會開始呼嘯的北風也不可思議地沒有吹來。

那個時候是風一時暫停嗎？還是紫苑專心於談話，耳朵除了老鼠的聲音之外，全都聽而不聞呢？

「紫苑，垃圾滑槽可能會變成我們的逃脫路徑，你覺得可能性如何？」老鼠在手上轉動裝了清湯的杯子，開口這麼問。

「垃圾滑槽嗎……？是啊，就像有一條路從三樓通到地下室的垃圾收集場。」

「沒錯，從設計圖上來看，除了投入口之外，管道的任何一個地方都沒有設置異物探知器或清除系統。呵呵，看來NO.6太輕忽垃圾處理設備了。」

「是啊，而且管道比一般的要粗，如果是我們兩個，應該可以從那裡逃出來。」

「沒錯，幸好我們都不胖，要是那位力河大叔，可能就會卡在半路不上不下，就跟大型垃圾一樣。」

「話講得太毒了吧？」

「不用誇獎我，事實如此罷了。你不也無法想像那個喝酒喝到胖嘟嘟的大叔輕鬆地滑在滑槽上的畫面？」

「嗯……是沒錯。」

腦海中浮現最近小腹更多肉的力河的身影，紫苑差點笑出來。他吞下口水，緊閉雙唇。老鼠所問的事情可不是可以笑著回答的問題。

垃圾滑槽是否能做為合適的脫逃路線？

紫苑沉思了好一陣子後才開口回答：

「老實說，我無法預測是否能那麼做，不過可能性應該是有的，雖然只是理論上。」

老鼠放下杯子，身體深深靠向椅背。

「可能性是有的，對嗎？」

「對。」

「可能性……有。」

老鼠蹺起腳，閉目養神。紫苑也靠向書櫃，抱著單腳的膝蓋。這個時候紫苑才突然注意到風聲，聽起來就像老婆婆悄聲啜泣的沙啞哭聲。

在油燈淡淡光線照耀下的室內，老鼠閉目養神的側臉，低聲呼嘯的風，紫苑有一種看著舞台劇的某個場景的感覺。

紫苑坐在觀眾席上，沉迷於照明黯淡的安靜默劇。

滿足的心情、悲苦的感覺，以及一種近乎畏懼卻無法為之命名的情緒交雜混合在一起，充斥著紫苑的內心。

如果這一刻能是永恆的話。

如果時間能就此停住的話，如果只有這裡的一切是我的世界的全部的話。

紫苑忽然在心底如此期望。

人生只是移動的影子，悲哀的戲子。

不知道為什麼，紫苑的腦海中驀地浮現馬克白的台詞。

熄滅吧，熄滅吧，匆匆的燈火！

人生只是移動的影子，悲哀的戲子。

老鼠張開眼睛，視線與紫苑的交纏。

「怎麼了？」

「啊？沒、沒什麼……」

紫苑移動身體，稍微遠離油燈的光線。他不想讓老鼠看到他大概已經紅起來的臉頰。

「紫苑，你知道我剛才在想什麼嗎？」

「你嗎？我猜……還是垃圾滑槽的事情嗎？」

「怎麼可能，我不會一直煩惱丟垃圾的問題，而且那個問題解決了。可能性有，那麼就有一試的價值，沒錯吧？」

「是沒錯。」

不論是書上的理論或者是走不出推測的領域，只要是有可能性的東西，全都記在腦海裡。

老鼠就是這個意思。紫苑緩緩點頭同意，表示他已經理解了。

「很好。不過，我個人是希望能在慎重的目送下離開，但是這樣的奢求是不被允許的吧。」

「應該是，最好不要期待有貴賓級的待遇比較好。可是，如果不是垃圾滑槽的事情，那你在想什麼？其他脫逃的方法嗎？」

老鼠換蹺另一隻腳，看似憂鬱地嘆息著說：

「是食物的事情。」

「什麼？」

「食物啊，吃、的、東、西。我在想現在要是能滿足地吃自己喜歡的東西，我會點什麼。」

「……你想的事情還真實際啊。」

「食物是很重要的東西。有時候對人類而言，麵包店老闆隨便施捨的一片麵包，比著名哲學家發現的真理還來得有意義……那也是人生的本質。總之，我肚子餓到我都覺得自己很可憐，這個樣子我看上床也睡不著。」

「我們不是才剛吃過東西嗎？你應該吃了兩個麵包了吧？」

「已經乾掉又硬邦邦的麵包加上清湯跟起司的晚餐，實在一點都不夠。」

「少不知足了，託那名老闆娘的福，我們還吃了上等的起司，不是嗎？算是很好的晚餐了。」

「你如果能多點笑容，我們應該還能拿到羊肉罐頭或是一瓶牛奶，真是太可惜了。」

「我？不關我的事吧？」

「你在說什麼，當然跟你大大有關啊。那個老闆娘不是一直對你拋媚眼嗎？我還以為你故意不理她，原來你沒察覺？」

「完全沒察覺。」

老鼠很故意地扭曲表情，搖搖頭說：

「紫苑，我看你一定要多磨練一點，不，是要很用力的磨練對異性的感性才行，這樣下去可不妙喔。」

「如何不妙？」

「連說出口都會被忌諱的不妙，至少我什麼也不能說。啊啊可是你真的會很不妙，我光想雞皮疙瘩就掉滿地了。」

「什麼啊，你這樣會讓我很在意耶，在意到上床也睡不著，跟你的肚子餓不相上下了。」

老鼠很罕見地出聲大笑。看起來非常高興又輕鬆的笑聲靜靜地深入紫苑內心。

「老鼠。」

「做什麼？」

「能不能為我朗讀《馬克白》？」

「《馬克白》？哪一段？」

「第五幕第五景，馬克白得知妻子死亡後的那段台詞。」

「為什麼想聽《馬克白》？」

「不知道，為什麼呢？只是突然想聽《馬克白》，不可以嗎？」

「不會啊，我無所謂。」

哈姆雷特跟月夜爬上紫苑的肩膀。坐在椅子上的老鼠動了動，雙唇開始蠕動。

因為自己的野心跟對妻子的愛，而面臨毀滅的武將的寧靜且悲痛的聲音傳了出來。

明天，再一個明天，又一個明天，
時光如此一天天流逝，

直到被記錄的人生的最後那一瞬間。
名為昨天的每一天只是為了照亮世間愚蠢眾生至死的塵世之路。
熄滅吧，熄滅吧，匆匆的燈火！
人生只是移動的影子，悲哀的戲子。

紫苑跟小老鼠們全都屏息，仔細聆聽。油燈的火焰搖曳，影子搖晃，老鼠的聲音及表情都帶著陰影，紫苑甚至覺得自己從現實中浮離，被帶往高處。剎那的游離，永恆的滿足。

剛才的那一段時光是如此的濃密、豐腴又美麗！

「真人狩獵」的兩天前，那間屋子裡存在著紫苑過去的人生當中，最令他印象深刻的風景。

明明才不久之前，卻彷彿是遙遠的過去。

淚水滑落。

是濃煙嗆出來的，絕對不是因為懷念之情擾亂了心緒。

吱吱！吱吱！吱吱吱！

月夜跳下站在地上，不停地鳴叫著。超纖維布掉了。紫苑趕緊撿起。老鼠的身體虛脫，重量全都壓在紫苑的肩膀上。

「老鼠，振作點！你不可以睡著！」

「……逃……快點逃。」

「我知道，我也不會在這種地方休息。老鼠，快到了，再忍耐一下就好。」

「紫苑……不可能的，兩個人……逃不掉。」

「什麼？你在說什麼？」

「跑……你一個人……快跑。」

「笨蛋！別開玩笑！」

倏地湧起憤怒，對老鼠的憤怒，紫苑氣得白髮都要衝冠了。熱風不是從外面，而是從紫苑內部吹起。

要我留下你走？要我一個人逃？開什麼玩笑！開什麼玩笑！你居然這麼侮辱我？這麼看輕我？

我還沒懦弱到選擇留下你，獨自苟延殘喘。我會保護你，保護你跟我自己這點小事，我還做得到。

「可惡，別太看不起人！」

憤怒在瞬間轉換為邁開腳步的能量。

紫苑雙手用力，瞪視著前方。已經沒有人煙，只感覺到微風。火焰開始蔓延到天花板，似乎引燃了某種化學藥品，在微弱的爆炸聲後，彌漫著特殊的刺激性異味。

「月夜，上來。」

月夜鑽進紫苑的口袋裡。牠探出頭，高聲鳴叫。這個聲音聽起來就像水底帶路人的指示，鼓舞著紫苑。

這隻小生物忍受悶熱的痛苦，奮力地不停鳴叫，也為了牠，一定要盡快逃離這裡。

被什麼絆到，差點摔跤。

身材壯碩的男囚犯趴倒在地上，他的臉埋在自己流出來的血泊中，已經斷氣了。紫苑跨過男人的身體，繼續往前走。

這裡有樓梯，那麼，垃圾滑槽的位置在……紫苑正確回想起牢記的設計圖，在記憶中探尋。在走廊的角落，煙霧彌漫的地方。

紫苑用指尖將月夜塞進口袋裡。

「老鼠。」

我們走了。

紫苑屏息，衝進煙霧裡。他沒有時間也沒有辦法確認投入口，在煙霧彌漫的走廊上，能見度幾乎是零，而且些許的遲疑都會導致窒息死亡。

相信自己，要相信自己！要求助就求助於自己吧。

紫苑停下腳步。

他看到垃圾滑槽的投入口了。有名士兵靠在那裡，擋住投入口。他的腳攤在地上，半瞇著眼一動也不動，脖子則是彎折成奇妙的形狀。

不知道是不是被爆炸氣浪撞飛時仍緊緊抓住，只見他的膝蓋上放著一把來福槍。是射殺老鼠的那把槍。

紫苑對這名士兵並沒有產生任何感覺，沒有憎恨、憤怒、憐憫，甚至連對死者的弔唁之意都沒有。

對他而言，眼前的並不是人的遺體，只不過是障礙物而已。如果不那麼想就無法倖存。那只不過是障礙物。

紫苑踢了士兵一腳。

士兵彎曲著脖子的身體跟槍滾落，投入口完整現形了。

好痛苦，無法呼吸，喉嚨好燙，好想呼吸新鮮空氣。

血管膨脹，心臟猛烈跳動，意識開始薄弱，力氣漸漸消失。

可惡，就只差一步了，怎麼能在這裡認輸！只差一步……

老鼠。做什麼？能不能為我朗讀《馬克白》？《馬克白》？哪一段？第五幕第五景……

風呼嘯著，火焰搖曳著，我突然很想聽你朗讀那段台詞。我不知道為什麼，可能只是想傾聽你的聲音，沉浸在你的氣息裡吧。聽著邁向毀滅的男人所說的台詞，我的情緒高亢且滿足。

熄滅吧，熄滅吧，匆匆的燈火！

人生只是移動的影子，悲哀的戲子。

老鼠，我們回去了，回去那間屋子。時間雖然無法重來，但是可以嶄新再創造。

原本只要有人站在垃圾滑槽前面，感應器就會啟動，自動打開，而現在當然

完全不動。紫苑將老鼠放下，抓起來福槍，掃射掉所有子彈，滑槽的蓋子被打得粉碎。

漆黑的正方形空間開啟了洞口，歡喜貫徹紫苑全身。

老鼠，快了，就快了。

紫苑好想開口呼喊，卻無法發出聲音。他用超纖維布將老鼠包起來，如果可以的話，他很想抱著老鼠滑下去，可是這麼狹窄的空間是不可能的，只能勉強讓一個人通過吧。

紫苑將老鼠包起來，從腳塞進滑槽裡，接著他自己也跨進去，左手抓住洞口，右手將老鼠的頭固定在自己的腹部。

傳來爆炸的震動，爆炸氣浪發出轟隆聲。

紫苑閉起眼睛，放開左手。兩具軀體滑落幾乎呈現垂直的滑槽。

「好痛！」

借狗人哀號。他的耳朵被咬了。

「好痛，你們幹什麼，可惡的臭老鼠。」

他摀住耳朵，瞪視著並排的兩隻小老鼠。

「對著老鼠們罵臭老鼠好像不算責備的話耶，可惡，痛死了。」

我似乎在不知不覺中趴在桌上睡著了。

呵，在這種情況下我還能安睡，我也滿有膽識的嘛，呵呵。

借狗人一邊揉著耳朵，一邊自賣自誇。應該是因為現實情況讓他太疲倦，因此半昏迷了，不過自己稱讚自己感覺也不錯。

聽到打鼾聲。力河蜷曲著身子躺在借狗人腳邊的地板上，豪爽地打著呼。傳說中的怪獸也不會發出這麼可怕的聲音。

「什麼嘛，原來大叔才是最恐怖的怪物。」

借狗人咋舌。

小老鼠們從他的手臂上衝上來。

「哇啊，別這樣，我不過咋舌而已，並沒有想跟你們玩的意思，我身上也沒有東西給你們吃。我說別這樣，別咬我的耳朵啦，我也很餓啊。」

吱吱吱！吱吱吱！

磯——磯——！

小老鼠們輪番衝上借狗人的手臂，又跑下來。牠們的叫聲跟行動明顯異常。

「怎麼了？發生什麼事了嗎？」

借狗人的鼻尖動了動。有焦味。煙霧從微微敞開的門竄進來。監獄設施內部起火了。

「不妙……」

煙應該很快就會充斥整間房間，必須在那之前逃出去才行。

不妙，而且，厲害。

煙會竄到這裡來，表示是相當大的火災……吧？

消防裝置怎麼了？沒有啟動嗎？監獄設施內部的裝置沒有啟動？這種事可能嗎？

借狗人吞了口口水。

是老鼠他們幹的好事嗎？他們讓所有的系統都停擺了嗎？他們創造出那樣的奇蹟了嗎？

奇蹟其實還滿容易出現的喔，借狗人。

那傢伙說的那句話，原來不是謊言也不是虛張聲勢嗎？

大量的煙竄進來，伴隨著東西燒焦的惡臭與熱氣。借狗人覺得背脊發冷。

等一下，不對，他們還在裡面嗎？

這樣的煙霧，這樣的焦臭味，這樣的熱氣，這不是人類能夠生存的狀態。借狗人的背脊更冰冷了。

老鼠，我想你應該懂吧？所謂奇蹟，是要你能夠生還才能說出口的台詞喔，要是你倒下了，可沒有什麼奇蹟或遺跡喔。

你說了那麼多大話卻回不來，可是會笑死人哦，我一定會用力嘲笑你。

力河被煙嗆到，猛烈咳嗽。

小老鼠尖聲鳴叫，彷彿用盡全力在吶喊。

「怎麼了？我該怎麼做？你們的主人究竟怎麼了？」

借狗人也想尖叫。

到底該怎麼辦才好？

有一隻小老鼠——借狗人完全分不出來哪一隻是克拉巴特，哪一隻是哈姆雷特——跑向垃圾收集場。牠在垃圾滑槽的最底部，開了一個正方形的洞口附近像發瘋似的狂奔，接著另一隻也加入來回跑來跑去，跑得借狗人眼花撩亂。

垃圾滑槽？

是啊，說到底，老鼠為什麼要我們在這裡待命？

垃圾滑槽……

借狗人全身顫抖，他踢了力河的臀部一腳。

「大叔，起來幫忙。」

「什、什麼？發生什麼事了？」

「他們要回來了，來幫忙！」

垃圾收集場的角落放了幾張破舊的舊式墊子，那是月藥為了讓報廢的機械掉落下來時，不要破損得更嚴重而準備的，因為破損程度愈小，他就能以愈高的價格賣給黑市，月藥靠從這個滑槽裡掉下來的垃圾賺了不少錢。

垃圾收集場的垃圾堆上到處有玻璃碎片，有些地方還是水泥地板，要是直接掉落在這些地方，一定會摔得粉碎。如果是報廢的機械就算了，可不能讓人類、尤其是那兩個傢伙粉身碎骨。

「大叔，快點，別拖拖拉拉的啦！」

「好，來了！」

力河搖搖晃晃地跑過去拿墊子。

「要排好這些墊子，快點，疊上去。」

「好，好……可是借狗人，紫苑他們真的會回來嗎？怎麼回來？」

「囉嗦。動作快點！別停下來。」

一面搬著墊子，借狗人傾耳聆聽。

快回來，老鼠。

快回來，紫苑。

「借狗人，煙霧愈來愈濃了。」

力河發出悲鳴。小房間裡快要被白色煙霧吞噬了。

回來吧，老鼠，紫苑。

拜託你們快回來。

有風聲，從滑槽裡傳來。

回來吧。

快回來吧。

神啊，請祢保佑。

借狗人雙手合十，有生以來第一次向神明祈禱。

神啊……

（未完，待續）

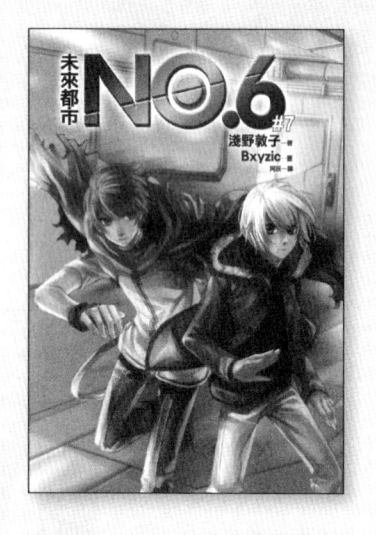

國家圖書館出版品預行編目資料

未來都市NO.6 / 淺野敦子著；Bxyzic圖；珂辰譯.
-- 初版.-- 臺北市：皇冠, 2008.12- 冊；公分.
-- (皇冠叢書；第3807種)(YA！；011-)
譯自：NO.6#1 --
ISBN 978-957-33-2463-8（第1冊；平裝）--
ISBN 978-957-33-2494-2（第2冊；平裝）--
ISBN 978-957-33-2523-9（第3冊；平裝）--
ISBN 978-957-33-2557-4（第4冊；平裝）--
ISBN 978-957-33-2595-6（第5冊；平裝）--
ISBN 978-957-33-2643-4（第6冊；平裝）--
ISBN 978-957-33-2683-0（第7冊；平裝）--
ISBN 978-957-33-2725-7（第8冊；平裝）--

861.57　　97015693

皇冠叢書第4047種
YA！038

未來都市NO.6⑧

No.6〔ナンバーシックス〕#8

作　　者—淺野敦子
插　　畫—Bxyzic
譯　　者—珂辰
發 行 人—平雲
出版發行—皇冠文化出版有限公司
台北市敦化北路120巷50號
電話◎02-27168888
郵撥帳號◎15261516號
皇冠出版社(香港)有限公司
香港上環文咸東街50號寶恒商業中心
23樓2301-3室
電話◎2529-1778　傳真◎2527-0904
出版統籌—盧春旭
印　　務—林佳燕
校　　對—劉素芬・邱薇靜・尹蘊雯
著作完成日期—2009年
初版一刷日期—2010年11月
初版三刷日期—2013年12月
法律顧問—王惠光律師

讀者服務傳真專線◎02-27150507
電腦編號◎515038
ISBN◎978-957-33-2725-7
Printed in Taiwan
本書特價◎新台幣199元/港幣67元